KB142061

우리 술 되살리기 위한
주례(酒醴)와 풍류(風流)

modoostart 04

우리 술 되살리기 위한
주례(酒醴)와 풍류(風流)

김완배 **지음** / 모두출판협동조합(이사장 이재욱) **펴냄**
초판인쇄 2021년 8월 10일 / **초판발행** 2021년 8월 16일
디자인 김남호 / **ISBN** 979-11-89203-27-6(04810)
　　　　　　　　 ISBN 979-11-961865-5-5(세트)
ⓒ 김완배, 2021
modoobooks(모두북스) 등록일 2017년 3월 28일 / **등록번호** 제 2013-3호 /
주소 서울 도봉구 덕릉로 54가길 25(창동 557-85, 우 01473) /
전화 02)237-3316 / **팩스** 02)2237-3389 /
이메일 ssbooks@chol.com

우리 술 되살리기 위한
주례(酒醴)와 풍류(風流)

김완배 지음

modoobooks
정동3현출판사

수수보리를 주신으로 모셨다는 일본 사가신사의 입구와 표지판(본문 49쪽)

다양한 누룩과 용수(본문51쪽)

소줏고리의 내부와 외형(본문 55쪽)

40~50%를 깎은 주조호적미 '야마다니시키'(본문 100쪽)

우리나라의 포도나무 재배 방식(왼쪽)과 유럽의 재배 방식(본문 103쪽)

포도나무의 포트 재배 방식(본문 103쪽)

일본에서 시판되고 있는 무첨가 와인(본문 104쪽)

포도송이에 회색 곰팡이가 발생한 모습(본문 105쪽)

일본 나가노현의 '고이치 와인'에서 생산하는 귀부와인(본문 105쪽)

미야자키현 술 갤러리의 다양한 술 (본문 110쪽)

다양한 형태의 디캔터(본문 131쪽)

충주시 술 박물관이 소장한 다양한 맥주잔(본문 137쪽)

계영배(경남신문, 2015. 4. 17. 참조, 본문 144쪽)

필자가 소장한 다양한 술잔들(본문 145쪽)

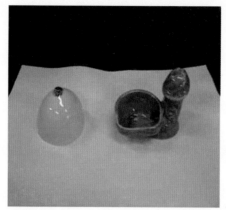

필자가 소장한 다양한 술잔들(본문 145쪽)

막걸리를 따르면 점차 초승달에서 반달을 거쳐 보름달이 되는 달잔(본문 146쪽)

스카치 위스키의 술병(본문 148쪽)

이화주와 상차림(본문 158쪽)

일본의 술자리 놀이기구(본문 178쪽)

안압지에서 출토된 신라시대의 주령구

新 주령구

주례와 풍류도 알고, 우리 술도 살리고

　가운데 선배님들이 자리를 잡은 양옆으로 길게 후배들이 두 손 모으고 얌전히 앉아 있고, 필자의 자리는 여닫이문 바로 앞인 말석이었다. 조폭 영화의 한 장면 같은 모습, 바로 50여 년 전 고등학교 1학년이었던 필자가 태어나 처음으로 술을 접한 날의 기억이다. 지금 같으면 당장 학교 징계위원회에 불려갈 일이겠지만, 당시에는 전혀 문제가 되지 않았으니 참으로 좋은 시절이었다.

　대학에 입학한 후에는 시간 날 때마다 서울의 대학로와 무교동 골목을 헤매며 마셨던 막걸리와 소주, 특히 안주로 나왔던 빈대떡을 떠올리면 지금도 입에 침이 고일 정도다.

　고인이 되신 부모님 모두 술을 못하셨으나, 한국전쟁 탓으로 직접 뵌 적이 없는 외할아버지께서 술을 즐기셨다니 아마 필자는 '외탁'임에 틀림없다. 이런 연유로 어르신들로부터 술을 제대로 배울 수 없었던 필자는 사회에 나와서도 그저 자리를 함께한 선배들이 마시는 모습을 곁눈질하면서 술에 대한 예절 중 한두 가지를 익혔을 뿐 주머니 사정이 허락하는 술을 그저 마시기에 급급하였다.

　막걸리는 순하긴 하지만 트림이 나고, 소주는 쓴 맛 때문에 다소 거부감이 있고, 양주는 독하니까 물을 타서 마시는 것이 편하다는 생각 정도가 술에 대한 느낌과 인상이었다.

술을 제대로 알아야겠다는 생각은 대학에서 2~3년 교직생활을 하고 나서 시작되었다. 전공이 농업경제학인 필자는 현장조사가 많아 국내외 출장이 잦았다. 특히 국내 지역조사를 마치고 나면 으레 술을 한두 잔 걸치게 마련인데, 방방곡곡에 필자를 반하게 만드는 술이 널려 있다는 사실에 새삼 놀라고 말았다.

이렇듯 좋은 우리 술을 두고 왜 외국산 술을 마셔야 하는지 의문이 생기기 시작했다. 또한 술은 농산물을 가공해 부가가치를 증대시키는 것임에도 이에 대해 무관심했다는 사실이 농업경제학도인 필자를 부끄럽게 했다.

이를 계기로 국내외의 술 관련 자료를 모으기 시작했고, '우리 술 살리기 운동'에 동참하기도 했다. 특히 외국 술의 자료를 수집하고 해외 출장 때마다 틈을 내서 현지의 술도가를 일삼아 방문했던 이유는 다른 나라의 술을 알아야만 우리 술의 장단점을 알 수 있을 것이라는 생각 때문이었다.

2000년대 초 학생들과의 회식 자리에서 필자가 '등잔 밑이 어둡다'는 말을 실감하는 일이 있었다. 삼겹살 안주로 희석식 소주를 마시던 술자리였는데, 학생들이 희석식 소주를 우리 농산물로 빚은 술이라고 알고 있었다. 국내에서 제조되기는 하지만, 희석식 소주는 우리 농산물로 빚은 술이 아닌 것이다. 더구나 폭탄주를 만들 줄은 알아도 술자리에서의 예의는 전혀 모르는 모습을 보며 경악할 수밖에 없었다.

내가 할 일은 먼 곳이 아니라 바로 눈앞에 있었다.

마침 신입생들을 대상으로 하는 1학점짜리 교양과목인 '신입생 세미나' 제도가 도입되어 필자는 '우리 술과 주례(酒禮)'라는 과목으로 강의를 개설하였다.

가을 학기에만 개설하였고, 6차례 강의 중 4번은 강의실에서, 1번은 주말을 이용하여 '전통주 투어', 마지막 강의는 전통 주가에서 실제로 술을 즐기며 술자리에서의 예절을 가르쳤다. 이 강의가 제법 인기가 있어 이메일 인터뷰를 통해 수강생을 선발할 정도였고, 정년퇴직할 때까지 10년간 지속했다.

지난해 늦가을에 서재를 정리하다 보니 술 관련 책과 자료가 눈에 들어왔다. 그냥 버릴까, 아니면 어디에 기증할까 망설이다가 시간도 많은데 단행본으로 정리해보는 것도 괜찮겠다는 생각이 들었다.

그렇다면 누구를 주요 독자층으로 할까 고민하다가 마시는 술의 종류나 습관이 이미 몸에 밴 계층보다는 술을 새롭게 접하거나 영혼이 자유로운 세대를 위해 필요할 것 같다는 결론에 이르게 되었다.

술 전문가가 아닌 까닭에 인터넷 공간을 여기저기 기웃거리다가 술 종류별로 강호에 많은 고수(高手)들이 있다는 사실을 처음 알게 되었다. 술에 대해 제법 안다는 자만심이 여지없이 무너지면서 책 발간을 접을까도 생각했지만, 다행스럽게도(?) 우리 술을 중심으로 주례와 풍류가 함께하는 즐거운 술의 여정 모두를 두루 이끌어줄 가이드는 눈에 띄지 않았다.

지구촌의 술을 자유롭게 누비면서 우리 술과 비교하고 주례와 풍류를 멋으로 이어가면서 훌륭한 음주문화로 발전시킬 미래 세대에게 필요한 '안내서'로서도 꼭 필요할 것이라고 내내 자신을 다독거리면서 마침표까지 찍게 되었다.

　제1장 '술의 이해'에서는 술을 마시는 이유, 술의 종류와 나이, 개인의 체질에 따른 술 종류의 선택 등 기초 지식을 다루었다.

　제2장 '우리 술의 특징과 걸어온 길'에서는 '아는 만큼 보인다.'는 말과 같이 다른 나라의 술과 비교할 때 우리 술의 특징과 걸어온 길을 요약하였다.

　제3장 '우리 술 되살리기'에서는 일제강점기 이후 80여 년 동안 죽을 고비를 여러 번 넘긴 끝에 비로소 용트림을 시작하는 우리 술에는 어떤 것들이 있는지, 이를 제대로 승천시키기 위해서 정부와 우리가 해야 할 일은 무엇인지 고민해보았다.

　제4장 '주도와 주례'에서는 나라마다 다른 술 풍습과 술을 따르고 마시는 방식인 주법의 차이, 술을 권하는 건배사와 권주사, 술자리에서의 바람직한 예절인 주례에 대해 설명하였다.

　제5장 '술자리의 풍류'에서는 술의 종류별로 즐기는 법, 술잔과 술병, 술과 안주의 궁합, 술친구, 주당의 상식과 품격, 술자리의 놀이 등을 소개하였다. 특히 술의 종류별로 즐기는 법에서 우리 술에 국한하지 않은 이유는 글로벌 시대를 맞아 때로는 지구촌 술을 다양하게 즐길 줄 아는 여유가 필요하다고 생각했기 때문이다.

　책의 중간 중간에 감칠맛을 느낄 만한 [꿀팁]을 배치하여 술을 마시고 즐기는 일이 인류의 역사와 발을 맞추며 발전해온 생활문화라는 것을 느낄 수 있도록 했다.

2021년 5월

차례

제4장 주법(酒法)과 주례(酒禮)

제5장 술자리 풍류(風流)

부록

제1장
술의 이해

술이란 무엇인가

'술'이란 우리말은 술술 잘 넘어간다고 해서 '술'이라 이름 붙였다는 설이 있다. 또한 '술'이라는 말의 어원은 '물에 불이 붙는다.'거나 '불타는 듯 화끈한 물'이라는 의미의 '수불(水火)'에서 시작하여 '수울'을 거쳐 '술'로 정착되었다는 설도 있다.

술의 한자 주(酒)자를 파자하면 물(水)에 8월을 의미하는 유(酉)가 합쳐진 글자다. 그래서 음력 8월에 수확한 쌀에 물을 부으면 술이 된다는 의미라고도 한다. 유(酉)자는 술이 익은 다음 침전물을 모으기 편리하도록 밑이 뾰쪽한 항아리의 모습을 묘사한 상형문자라고 한다. 또한 술은 닭(酉)이 물(水)을 마시듯 조금씩 마셔야 좋다는 뜻도 있다고 한다.

그렇다면 술은 왜 마실까?
성리학(性理學)의 철학적 개념인 사단칠정(四端七情) 가운데 칠정은 인간의 자연적 감정을 말하는 것으로 기쁨(喜), 노여움(怒), 슬픔(哀), 두려움(懼), 사랑(愛), 미움(惡), 욕망(欲) 등 일곱 가지를 일컫는다. 바로 이 일곱 가지 감정 중 하나라도 살며시 피어오를 때 술을 찾게 되는 것이 아닐까 싶다.

칠정을 초월한 경지에 다다르지 않는 한 사람들이 술과 동행하는 것은 지극히 자연스러운 일이 터이다.

일곱 가지 감정인 칠정 가운데 좋은 감정은 더욱 부풀어 오르게 하고, 나쁜 감정은 기분 전환을 통해 다소나마 제어하거나 털어버리기 위해 술자리를 찾는다.

예를 들어 누구나 화가 나거나 분노가 치밀어 오르면 주먹을 꽉 쥐고 허공이나 상대를 노려보는 게 일반적이다.

하지만 술자리에서도 그렇게 할까? 주먹을 움켜쥐고 눈을 부릅뜬 채 술을 따르는 사람을 보았는가. 기뻐서 한 잔, 슬퍼서 한 잔, 사랑스러워서 한 잔이 제격이다. 만약 세상에 술이 없다면, 평범한 사람의 일상은 메마른 사막과 같을 것이다.

꽃의 향은 백 리를 가고, 술의 향기는 천 리를 가며, 사람의 향기는 만 리를 간다. 화향백리(花香百里), 주향천리(酒香千里), 인향만리(人香萬里)는 인간관계의 중요성을 강조하여 표현하는 비유로 얼마나 멋들어진가. 더욱이 주향(酒香)에 인향(人香)을 합치면, 다시 말해 술자리에서 좋은 친구를 사귀게 되면 1만 1천 리나 되니 더 바람직하지 않겠는가.

여기서 우리는 술을 마시는 것이 개인의 차원을 넘어 사람과 사람 사이의 교제, 즉 인간관계를 더욱 넓히고 깊이를 더하는 데 꼭 필요하다는 것을 알 수 있다. 특히 우리 속담 중 "취중진담(醉中眞談)", "오장(五臟)에 있는 말은 술이 내온다."*, "사람을 알려면 술이 지름길이다." 같은 말은 인간관계를 원활하게 하는 술의 효용을 압축적으로 설명하고 있다.

*술에 취하면 마음속에 감추어 두었던 말을 다 공개하게 된다는 뜻

술의 공과에 대한 의견이 분분하지만, "술을 적당히 마시는 것이 술을 마시지 않는 것보다 건강에 더 좋다."는 연구 결과가 많은 것을 보면 문제는 술 자체가 아니라 마시는 양에 있음을 알 수 있다. "이태백도 술병 날 때 있다."*, "소나기 술(폭음)에 사람 곯는다."는 속담 역시 과음을 경계하고 있다.

*술을 잘 마시는 사람도 과음으로 앓아누울 때가 있다는 뜻

공자 역시 애주가였는데, 〈논어〉에 "술을 마심에 양을 정하지는 않았지만, 정신을 어지럽힐 정도까지 이르지는 않았다."고 하고 있다. 술은 야누스의 얼굴처럼 양면성을 지니고 있다.

술은 천천히 적당하게 마시면 우리에게 즐거움을 주지만, 지나치면 건강도 잃고, 사람도 잃고, 인생마저 망치게 된다. 그야말로 야누스의 모습이 바로 술이다.

모든 곡류나 과일류가 술의 원료로 사용되지만, 포도와 같은 과일류를 이용한 술이 먼저 만들어졌을 것으로 예상된다. 왜냐하면 술의 주성분인 알코올이 만들어지는 직접적인 성분은 당분이고 이런 당분은 과일류에 많이 들어 있기 때문이다.

그런데 곡류는 당분이 적은 대신 당의 원료가 되는 전분이 주성분이므로 이 전분을 당으로 전환시킨 다음 알코올을 만드는 두 단계의 과정을 거치게 되기 때문이다.

당화(糖化) 방법은 크게 두 가지로 나눌 수 있다.

하나는 보리가 발아(맥아)할 때 생성되는 당화효소를 이용하는 방법으로 서양에서 위스키와 맥주를 제조할 때 이용하는 방법이다.

다른 하나는 곰팡이가 자라면서 발생시키는 당화효소를 이용하는 방법으로 중국의 백주(고량주)나 우리나라와 일본의 탁주 및 청주를 제조할 때 사용되는 방법이다.

따라서 서양의 맥아(몰트)와 동양의 누룩(麴)은 술의 씨앗 같은 역할이기 때문에 술을 만드는 모든 주체에게 소중한 존재가 아닐 수 없다.

술의 분류

　지구상에는 수천 종류의 술이 존재하지만 이를 압축하면 크게 발효주(또는 양조주), 증류주, 혼성주 3가지로 구분할 수 있다.

　발효주는 과일이나 곡물을 그대로 또는 당화한 후 발효시켜 만든 술인데, 발효액을 여과(濾過)하여 판매하는 것이 일반적이지만(약주, 청주), 여과하지 않은 상태로 제품화한 것이 막걸리라고 할 수 있다. 곡물이 원료인 탁주(막걸리), 약주, 맥주 등이 있고, 원료가 과일인 포도주, 사과주(사이더), 딸기주 등이 있다. 물론 발효주에는 원료가 과일과 곡물이 아닌 꿀을 이용한 벌꿀 술*, 말의 젖을 이용한 마유주(아일락)** 등도 있다.

　*북유럽 스칸디나비아반도에는 미드(Mead)라는 벌꿀 술이 있음. 미드는 물로 꿀을 희석하여 당도를 20% 정도로 낮춘 후 구연산과 향초를 넣고 와인용 효모로 발효시킨 것으로 알코올 도수는 3~5도 수준임. 미드가 가장 유명한 나라는 노르웨이이며, 신혼부부가 결혼식을 올린 다음 한 달 동안 외부 출입을 금한 채 미드를 마시며 아이를 가지는 풍습이 있음. 오늘날 신혼부부의 달콤한 신혼을 '허니문(Honey Moon)'이라고 부르는 것은 여기서 유래하였다고 함.

　**'아일락'은 젖산 발효와 알코올 발효가 동시에 진행된 일종의 유제품이라고 볼 수도 있으며, 비타민C가 풍부하고 요구르트 맛과 비슷해 새콤한 향과 맛이 남. '아일락'은 알코올 도수가 1~3%에 불과해 음료수처럼 마시며, '아일락'을 증류하면 '아르키히'라는 소주가 됨.

발효주는 술의 원료인 과일과 곡물의 근원적 향미와 발효 과정에서 추가되는 향미를 모두 즐길 수 있다는 장점이 있다. 반면 발효가 지속되기 때문에 술이 시어지고 결국 부패의 과정을 걷게 되어 오래 두고 먹을 수 없는 단점이 있다.

술이 더 발효된 상태가 식초다. 세계적으로 유명한 발사믹 (Balsamic) 식초는 단맛이 강한 포도즙을 목질이 다른 나무통에 여러 번 옮겨 담아 숙성시킨 포도주(와인) 식초의 일종이다.

발효주의 단점을 극복하기 위해 발효균의 증식을 억제하기 위한 물질을 추가하거나, 술의 풍미를 유지하기 위해 저온으로 살균하거나, 술에 열을 가해 증류시킨 다음 알코올 성분을 냉각시키는 방법 등이 있다.

과일을 발효시킨 와인은 양조주로서 발효가 계속되어 상할 수 있으므로 이를 방지하기 위해 대부분의 와인에는 발효를 중지시키기 위해 무수아황산(이산화황)을 첨가한다. 와인을 한 번에 많이 마실 경우, 머리가 아플 때가 있는데 바로 이 물질 때문이다. 일본에서 개발되어 시판 중인 '무첨가 와인'은 이와 같은 물질을 첨가하지 않은 까닭에 건강에는 좋지만, 유통기간이 짧다는 단점이 있다.

알코올 농도*가 13%에 이르면 대부분의 미생물은 활성을 잃게 되고, 20% 이상의 알코올 농도에서는 미생물이 사멸하게 된다.

*알코올 도수를 표시하는 방법으로 우리나라에서는 %(도)를 사용하는 반면 미국에서는 PROOF를 사용함. 알코올 농도 100PROOF는 50%(도)이므로 86PROOF로 표시된 미국산 버번위스키의 알코올 도수는 43도임.

평균 알코올 도수가 13도 수준인 와인에 알코올 도수가 40도 내외인 브랜디(과실주를 증류한 것)를 혼합해 알코올 도수를 올려 오래 두고 마실 수 있게 하는 방법도 있다. 이를 강화 와인(Fortified Wine)이라고 하는데, 스페인의 '쉐리(Sherry)'는 화이트와인에 브랜디를, 포르투갈의 '포트(Port)'는 레드와인에 브랜디를, '마데이라(Madeira)'는 화이트와인에 브랜디를 혼합한 것이다.

우리나라의 술에도 과하주(過夏酒)라는 '강화 약주'가 있는데, 특히 여름철에 상하기 쉬운 약주의 약점을 보완하기 위해 약주에 소주를 첨가해 알코올 도수를 올린 것이다. 막걸리와 약주 역시 발효주이므로 유통기간이 짧은 단점이 있는데, 이를 극복하기 위해 살균 방법을 사용한다. 이 경우 고온으로 살균하면 술의 고유한 풍미를 해치게 되므로 저온살균 방법을 이용한다. 우리나라의 경우 고(故) 배상면 회장은 수천 번에 걸친 실험을 통해 술의 풍미를 유지하는 저온살균 방법을 개발하여 '백세주'에 적용하여 성공하였고, 이 기술을 공개함으로써 우리의 막걸리와 약주를 오래 두고 마실 수 있게 해준 일등공신이라 하겠다.

이상의 방법들이 발효주의 유통기간을 획기적으로 늘려준 것은 사실이지만 완벽한 것은 아니다. 술이 영원히 상하지 않도록 인류가 개발한 것이 바로 증류주 형태로 바꾸는 것이었다.

양조주를 서서히 가열하면 끓는점이 낮은 알코올이 먼저 증발하게 되고, 이 기체를 모아 냉각시키면 고농도의 액체 알코올(증류액)을 얻을 수 있다.

원료가 곡물인 증류주는 위스키(Whisky or Whiskey)*, 보드카(Vodka), 고량주(백주), 희석식 소주 등이고, 과일인 것은 브랜디(Brandy)**, 사탕수수인 것은 럼(Rum), 용설란인 것은 테킬라(Tequila)가 있다.

*영국의 스코틀랜드에서 생산되는 위스키는 Whisky라고 쓰는 반면, 아일랜드와 미국에서는 차별화를 위해 Whiskey라고 함.

**포도 브랜디로는 '꼬냑'과 '아르마냑', 사과 브랜디는 '칼바도스', 체리 브랜디는 '키르시벗서', 자두 브랜디는 '슬리보비츠', 살구 브랜디는 '바락크 팔린카' 등이 유명함.

증류 방식은 크게 단식(單式)과 연속식(連續式)이 있다. 연속식 증류기*를 사용해 제조한 것을 희석식 소주라 하고, 단식 증류기를 사용해 회분식(1회, 2회, 3회) 증류를 통해 제조된 것을 증류식 소주라고 한다.

*산업혁명 시기에 들어와 술 수요가 증가하면서 위스키 대량 생산의 필요성이 생겼고, 1826년 로버트 스타인이 연속식 증류기를 발명하면서 위스키를 대량 생산하는 길이 열리게 되었음. 1831년 이니어스 코페이는 이를 개량한 증류기를 개발했는데, 정류 장치를 추가해 발효 원액을 반복적으로 추가하며 증류를 계속할 수 있는 방식이었음. 코페이가 특허권(Patent)을 얻었기 때문에 이 증류기는 '페이턴트 스틸(Patent Still)'이라고 불림.

단식은 원료 고유의 향을 유지하는 장점이 있는 대신 비용 측면에서 불리한 단점이 있다. 한편 연속식 증류 방식은 높은 도수의 순수 알코올을 추출할 수 있어 효율성이 높은 장점이 있지만, 원료 고유의 향을 잃게 되는 치명적인 약점이 있다.

우리가 회식 자리에서 흔히 마시는 희석식 소주는 연속식 증류 방식으로 무색무취한 95도의 알코올, 다시 말해서 주정(酒精)을 얻은 다음 물로 희석해 알코올 농도를 17~30도 정도로 맞춘 후 여기에 감미료를 추가한 것이다. 예전에는 고구마를 원료로 사용했으나 최근에는 열대지방에서 재배되는 카사바에서 추출한 녹말인 타피오카를 주로 사용하고 있다. 참고로 타피오카는 '버블티'의 주요 원료이기도 하다.

단식 증류법은 다시 상압(常壓) 증류법과 감압(減壓) 증류법으로 구분할 수 있다. 상압 증류법에서 술덧*을 가열하는 방법은 직접 열을 가하는 직화(直火) 방식, 증기를 직접 또는 간접적으로 사용하는 방식 등이 있다.

*술의 원료에 누룩을 더해 발효시킨 상태

상압 증류법은 알코올과 물 이외의 각종 휘발성분이 풍부하게 유출된다. 이런 미량성분은 증류에 있어 불순물로 취급되기도 하지만 품질을 구성하는 주요성분이기도 하다. 반면 감압 증류법은 진공상태에서 증류가 이루어지므로 미량성분이 적게 휘발되어 맛이 경쾌하다는 장점이 있지만, 후미(진한 맛)가 부족하게 마련이다.

다시 말해서 상압식은 향미농후형(香味濃厚型)이 되고, 감압식은 부드러운 담려형(淡麗型)이 된다.

대부분의 위스키, 브랜디, 고량주(백주) 등은 상압식을 사용하고, 우리의 증류식 소주 중 '안동소주'와 '불소곡주'는 상압식, '문배주'와 '화요'는 감압식으로 생산된다.

[꿀팁] 연금술과 증류기

3세기경 중국의 의약학자이며 도가(道家)인 갈홍(葛洪)은 『포박자(抱朴子) 내편』에서 유화수은, 유황, 금을 섞어 불로장생의 영약인 '금단(金丹)'의 제조법을 설명하였다. 이와 같은 연단술이 8세기경 이슬람 세계에 알려지게 되었고, 그곳에서 연단술은 철, 납 등을 귀중한 금과 은으로 바꾸기 위한 연금술(鍊金術)로 발전하게 되었고, 이 과정에서 '알렘빅(Alembic)'이라는 증류기가 태어났다.

'알렘빅'은 아라비아어로 '땀'이라는 뜻이며, 증류기에서 냉각된 증기가 물방울이 되어 떨어지는 모습에서 유래한 것이다. 이후 연금술에 사용하던 증류기는, 이슬람 국가에서는 술을 마시는 것이 금지되어 있었던 까닭에, 향료나 화장품 제조에 사용되었다.

11세기 말에서 13세기까지 있었던 십자군 전쟁을 통해 중동지역의 증류기가 유럽으로 알려지면서 위스키, 브랜디 등 증류주가 탄생하게 되었다.

혼성주란 양조주나 증류주에 과실, 향료, 약초, 당분, 감미료 등을 더해 침출(浸出)하거나 증류하여 만든 술을 말하는데, 진, 리큐르, 미림, 분말주(가루술) 등이 있다. 이 중 리큐르*는 침출주 또는 재제주(再製酒)라고도 하며 고형성분(엑스분)이 2% 이상인 술인데, 서양의 경우 14세기 중반 유럽에 페스트가 창궐할 때 수도원에서 증류주에 각종 약초를 첨가하는 방식에서 유래하였다고 한다.

*리큐르를 제조하는 방법은 크게 침출법(Maceration), 여과법(Percolation), 증류법(Distillation) 등 3가지가 있다. 침출법은 향료 성분을 술에 넣고 유용한 성분과 향을 우려내는 방식이고, 여과법은 향료 성분에 술을 계속 통과시켜 필요한 성분과 향을 여과해 내는 방식이다. 증류법은 술에 향료 성분을 섞어 증류하는 것이다.

우리나라의 경우에는 옛날부터 각종 한약재를 이용한 약용주 제조와 꽃이나 향초류의 색소나 향미 성분을 추출하는 데 이용되어왔다. 우리의 각 가정에서 담그는 과일주 또는 약용주는 모두 이 리큐르의 범주에 속한다.

각종 재료의 유효 성분을 침출하는 데 향이 없는 희석식 소주를 사용하기도 하고 때로는 증류식 소주를 사용한다.

침출용 소주는 적어도 35도 이상의 알코올을 함유하여야 침출 속도가 빠르며, 특히 수분이 많은 과실은 희석되어 향미 성분이 변하는 것을 막을 수 있다.

[꿀팁] 명품 리큐르

'베네딕틴 돔(Benedictine D.O.M)'과 '샤르트뢰즈(Chartreuse)'는 술 전문가들이 리큐르 중 최상급으로 꼽는다. '베네딕틴 돔'은 1510년 프랑스의 베네틱토 수도원의 수도승이 27가지 약초를 이용하여 만들기 시작한 것이다. 명칭 중 D.O.M.(Deo Optimo Maximo)은 '지고 지선한 천주께'라는 뜻이다. '샤르트뢰즈'는 처음 만든 프랑스의 수도원 이름을 딴 것인데, 130여 가지의 허브와 향신료를 사용한다는 점만 밝혀졌을 뿐 정확한 제조 방법은 수도원의 수사(修士) 단 2명만 알고 있다고 한다. '샤르트뢰즈'는 상표의 색상이 녹색(Green)과 노란색(Yellow) 2가지가 있는데, 녹색 제품은 1764년 시작되었고, 노란색 제품은 1838년 시작되었다고 한다.

진(Jin)은 식용 알코올에 이뇨 및 해열 효과가 좋은 주니퍼 베리(Juniper berry: 노간주나무 열매)와 시나몬 등을 넣고 증류한 술인데, 네덜란드에서는 국민적 음료이며 '게네베르(Genever)'라고 부른다.

진에 사용하는 알코올은 어느 것이든 가능하지만, 영국과 미국에서는 그레인 스피리츠(Grain Spirits: 곡물 주정)만을 쓰며 연속식 증류기로 증류한다. 네덜란드에서는 호밀로 만든 알코올을 사용하며 단식증류기로 여러 번 증류한다. 진은 스트레이트도 좋지만, 각종 칵테일의 바탕 술(베이스 또는 기주)로 많이 사용된다.

미림(味醂)은 훈증한 쌀, 쌀누룩, 알코올 도수 40도 정도의 소주 또는 에틸알코올을 혼합해 20~30℃에서 40~60일간 밀폐하여 숙성한 후에 압착 여과시켜 만든 술로 단맛이 강해 주로 요리할 때 사용한다.

분말주(가루 술)란 휴대하기 좋은 인스턴트 술이다. 여름에 마시는 술로 예전에 음료수가 없고 액체를 담고 다닐 용기도 부족할 때 부녀자들이나 어른들이 들에 나가 일을 하면서 음료수 대용으로 점심과 함께 가지고 나가던 것이 가루 술이다. 희석 비율에 따라 술도 되고 음료수도 되었으며 집집마다 만들어 술맛을 비교하면서 마시던 민가의 가양주로서 이제는 거의 사라졌다. 최근 우리나라에서도 술꾼들의 향수를 달래주기 위한 가루 술이 판매되고 있다.

18세기 말에 등장한 칵테일(Cocktail)은 술 분류상 혼성주에 포

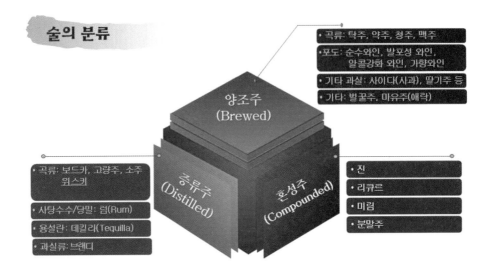

술의 분류

양조주
(Brewed)

- 곡류: 탁주, 약주, 청주, 맥주
- 포도: 순수와인, 발포성 와인, 알콜강화 와인, 가향와인
- 기타 과실: 사이다(사과), 딸기주 등
- 기타: 벌꿀주, 마유주(애락)

증류주
(Distilled)

- 곡류: 보드카, 고량주, 소주 위스키
- 사탕수수/당밀: 럼(Rum)
- 용설란: 데킬라(Tequilla)
- 과실류: 브랜디

혼성주
(Compounded)

- 진
- 리큐르
- 마림
- 분말주

함된다. 위스키, 보드카와 같이 강렬한 증류주에 달콤하고 아름다운 색깔의 리큐르 또는 음료수를 혼합해서 마시기 쉽게 만든 것으로 시작되었다.

칵테일의 기원에 대해서는 다양한 주장이 있지만, 가장 유력한 것은 17세기 인도 왕실에서 즐기던 펀치(Punch)가 유럽 사교계로 알려진 것이라는 설이다. 펀치는 힌디어로 '폰추', 즉 다섯 가지를 의미하는데 물, 설탕, 술, 라임즙, 향신료 등 다섯 종류를 혼합한 것이었다.

칵테일의 바탕 술은 증류주가 가장 많이 사용되며, 리큐르나 와인도 사용되고, 최근에는 희석식 소주와 막걸리도 이용되고 있다. 칵테일의 여왕이라는 별칭을 가진 '맨해튼(Manhattan)'은 버번위스키를 바탕 술로 '베르무트', '앙고스투라 비터스'(럼에 약재 및 향초를 넣은 리큐르)를 섞어 만든 것이다.

칵테일의 왕이라고 불리는 마티니(Martini)는 진과 '베르무트'를 혼합한 것이며, '코스모폴리탄'은 보드카를 바탕 술로 크렌베리, 오렌지, 라임 주스를 섞은 것이다. 최근 유튜브에는 다양한 칵테일 제조 방법이 소개되고 있음은 물론 홀로 즐기는 '혼술족'이나 재미를 추구하는 MZ세대를 주 대상으로 '편의점 재료들로 만드는 칵테일' 등이 관심을 끌고 있다.

술의 숙성과 나이

알코올이 발효할 때는 숙취를 일으키는 휴젤 오일, 메틸알코올, 아세트알데히드, 에틸에스테르와 같은 미량의 성분들도 함께 만들어진다. 술을 숙성시키면 이 같은 물질이 빠져나가는 대신 향은 좋아지고 맛도 부드러워진다. '술이 익는다.'는 말은 바로 이러한 현상을 말하는 것이다.

우리 인생에서도 노욕을 부리지 않고 자족(自足)의 삶을 사시는 어르신을 뵐 때 그윽한 향기를 느끼게 되는 것과 흡사하다.

고(故) 배상면 회장은 생전에 "좋은 술은 발효가 20%, 숙성이 80%를 차지한다."고 말씀하실 정도로 숙성의 중요성을 강조하셨다.

술을 담근 후부터 숙성과정을 거쳐 병에 담길 때까지 걸린 기간을 술의 나이(주령)라고 한다. 가정에서 담그는 가양주의 나이는 1개월에서 수개월 정도지만, 값비싼 위스키 등은 수십 년에 이른다. 여기서 유의할 점은 술이 일단 병에 담긴 이후에는 숙성과정이 끝나게 된다는 사실이다.

21년산 위스키를 사다가 집에서 10년을 더 묵혔다고 31년산이 되는 것이 아니라 그냥 21년산 그대로라는 말이다.

증류 직후의 증류주는 자극적인 냄새와 거친 맛의 풍미가 있어 마시기 어렵다. 숙성을 통해 숙취 물질이 제거되는 동시에 풍미의 결점이 제거되고 원숙한 술로 변하게 된다. 숙성을 위해 사용하는 용기에는 법랑 코팅 또는 스테인리스스틸 탱크, 유약을 바르지 않은 옹기(독), 오크(참나무)통 등이 있다.

일반적으로 서양에서는 오크통을, 동양에서는 옹기를 사용한다. 탱크를 사용하는 경우 용기에서 용출물이 거의 나오지 않게 되고, 옹기의 경우에는 용기로부터 무기물이 용출되어 나오게 된다. 옹기에서 용출되는 금속 성분 그 자체는 향미 성분이 될 수 없지만, 숙성 변화를 촉진하는 촉매 역할을 하게 된다. 서양의 증류주인 위스키, 브랜디, 럼 등은 오크통에서 숙성시키므로, 술의 성분 이외에 오크통에서 용출되는 리그닌류를 포함한 화학적, 물리적 변화가 생겨 색깔과 향미가 바뀌게 된다.

위스키의 경우 숙성이 진행됨에 따라 숙취 물질 등은 급격히 감소하는 대신 바람직한 향미 성분은 서서히 증가하여 12년에 이르면 숙성이 거의 완결되어 술은 매우 부드럽고 향기로워진다. 숙성과정에서 알코올 성분이 공중으로 휘발되어 증류액의 양이 매년 2~4%씩 줄어들게 되는데, 하늘로 사라져 버렸기 때문에 이를 천사의 몫(Angel's Share)이라고 한다.

천사의 몫으로 사라지는 원액의 양은 1년 지나면 2%, 10년 지나면 18%, 25년이 지나면 40%가 감소한다. 이런 이유로 숙성 기간이 길어지면 길어질수록 원액의 양이 줄어들게 되어 술의 가격은 급격히 상승하게 된다. 위스키의 경우 12년, 브랜디의 경우 5년 정도 숙성하면 숙취 물질 등은 모두 빠져나가 술의 품질은 극대화되며, 그 이상 숙성하면 목 넘김이 부드러워지는 정도일 뿐이다.

숙성 기간이 길수록 좋은 술이라는 잘못된 인식 때문에 주당들의 상당수가 21년산, 심지어는 30년산 위스키, 15년 이상 숙성한 XO 브랜디를 찾는 경우가 있다. 이는 부드러운 목 넘김 때문에 지나치게 값비싼 대가를 지불하는 경우다. 2014년 2월 영국의 엘리자베스 2세 여왕이 교황을 방문해 교황에게 선물한 것이 15년산 싱글몰트 위스키였음을 상기할 필요가 있다.

〈숙성 기간에 따른 위스키의 품질 변화〉

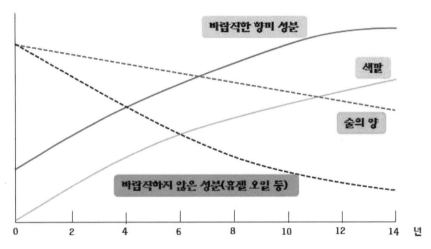

자료 : 이종기, 술, 술을 알면 세상이 즐겁다, 서울, 도서출판 한송, 2004.4.

술의 선택 : 사상체질과 술

　술의 종류는 자기 마음대로 선택할 수 있을 때보다는 자기가 선택하기 어려운 경우가 다반사다.

　이는 술자리의 성격에 따라 좌우되는 것일 뿐 아니라 술자리 상대방의 취향을 우선 고려해야 하기 때문이다.

　하지만 본인이 마시고 싶은 술을 고를 수 있을 때는 건강을 위해 자기의 체질에 맞는 술 종류를 선택하는 것이 좋다.

　이제마(李濟馬, 1837~1900) 선생이 『동의수세보원(東醫壽世保元)』에서 처음 주장한 사상의학(四象醫學)은 인간의 체질을 태양, 소양, 태음, 소음 등 4가지로 구분한다. 이후 1960년대 중반 권도원에 의해 체질을 보다 세분화한 팔상(八象) 의학이 출현하였고, 2000년대 들어와서는 이동웅에 의해 십육상(十六象) 체질론으로 이어지고 있다.

　사상의학에서는 체질에 따라 같은 식품이 서로 다른 약리작용을 한다고 본다.

　따라서 사상의학에서는 자신의 체질에 맞는 음식을 복용하면 질병을 예방하고 건강을 유지할 수 있다고 한다. 술 역시 음식의 하나이므로 체질에 맞는 술의 종류를 선택하는 것이 건강에 좋다는 것이 술 인생 50년을 경험한 필자의 생각이다.

건강이 좋지 않았을 때 우연히 만난 사상의학의 전문가로부터 필자의 체질은 소음인이라는 판정을 받았다.

소음인에게 좋다는 음식을 추천받은 후 이를 실천한 결과 건강이 서서히 회복됨을 느낄 수 있었다.

사상의학을 접하기 전에는 주종(酒種)을 불문하고 마셨으나, 소음인에게는 증류주가 좋다는 권유에 증류주를 선택해 보니 확실히 필자의 체질에 맞았다.

예전에 맥주를 많이 마시면 반드시 설사와 마주했고, 막걸리와 와인을 서너 잔 이상 마시면 숙취가 심했던 경험으로 미뤄 소음인에게는 양조주가 적합하지 않다는 점이 비로소 이해되었다.

태양인은 비교적 간이 약하므로 술이 해로운 체질이라고 한다. 그래도 마셔야 한다면 와인이나 맥주가 괜찮고, 알코올 도수가 높은 증류주는 피하는 것이 좋다고 한다.

소양인은 비뇨 기능이 약해 과음을 하면 열이 나고 숙취가 오래 가는 체질이라고 한다. 따라서 몸의 열을 내리고 소변을 잘 보게 하는 맥주가 궁합이 맞는다고 한다.

태음인은 간의 기능이 좋아 술에 적합한 체질이라고 한다. 양조주와 증류주 모두 잘 맞긴 하지만 기왕이면 알코올 도수가 높은 증류주가 더 좋다고 한다.

술이 세다는 점을 과신해 젊은 시절 술을 지나치게 많이 마시면 한 사람의 일생에 주어진 술 쿼터의 양을 일찍 소진해 오히려 간 질환을 앓을 수도 있다고 한다.

필자는 주위에서 본의 아니게 술을 입에 대지 못하게 된 사람들을 제법 많이 목격하였다.

참고로 다소 과음하였을 경우 숙취를 줄여 일상생활을 할 수 있게 해주는 다양한 숙취해소제가 출시되고 있는데, 숙취해소제를 고를 때 역시 원료 성분이 본인의 체질에 맞는 것을 선택하는 것이 바람직하다는 것이 필자의 생각이다.

다년간의 임상 체험을 통해 필자는 나름대로 비방을 찾았지만, 의학 전문가가 아니므로 더 이상의 언급은 할 수 없고 독자들 스스로 자신에게 맞는 비방을 찾아보기 바란다.

제2장
우리 술의 특징과 걸어온 길

우리 술의 특징
우리 술이 걸어온 길

우리 술의 특징

　서양에서는 주로 보리를 발아시킨 맥아(麥芽: Malt)를 사용하여 양조한 후 오크(참나무)통 속에서 숙성시키고, 동양에서는 대부분 누룩을 사용하여 술을 빚고 옹기 속에서 숙성시킨다. 따라서 한·중·일 동양 3국의 술은 누룩과 곡물, 옹기를 사용한다는 점에서는 공통점이 있다.

[꿀팁] 오크통의 일생
　동양에서는 예전부터 현재에 이르기까지 술 저장을 위해 옹기를 사용하고 있는데, 서양에서도 초기에는 옹기인 암포라(Amphora)를 사용했다. 옹기는 샐 염려가 없는 대신 운송할 때 무겁고 깨질 위험성이 높아 메소포타미아 시대에 이르러서는 야자나무로 만든 통을 사용하였다. 로마 시대부터는 참나무를 사용하기 시작했는데, 오크통이 와인의 맛, 색상, 향에 영향을 주는 사실이 알려지면서 오크통 사용이 전 유럽으로 확대되었다.
　오크통 숙성 시 레드와인에 있는 안토시아닌이 색상을 더 오래 유지해 주며, 참나무 자체에 있는 탄닌이 와인 속으로 들어가 와인의 바디감*을 높여준다.

*와인을 마실 때 입안에서 느끼는 무게감과 맛의 정도를 와인의 무게라 할 수 있는데, 묵직한 무게감과 풍부한 맛을 지닌 것을 '풀 바디 와인(Full-bodied Wine)'이라 하며, 반대로 가볍고 경쾌한 것을 '라이트 바디 와인(Light-bodied Wine)', 중간 형태를 '미디엄 바디 와인(Medium-bodied Wine)'이라고 한다.

내부를 불로 그을리는 것을 토스팅이라고 하는데, 불의 강도에 따라 크게 3가지로 나눌 수 있다. 약한 불로 잠시 그을리면 진한 과일 향과 탄닌 성분이 많아 떫은 맛을 내게 해준다. 불로 15분 정도 그을리면 오크통 내부가 갈색이 되면서 바닐라 향 또는 커피 향이 나는 와인을 만들 수 있다. 불에 탈 정도로 강하게 그을리면 볶은 원두커피 향, 구운 빵의 향기를 가진 와인을 만들게 해준다.

스카치위스키에서 과일 향이 나는 이유는 스페인의 '쉐리' 숙성에 사용했던 오크통, 와인 저장에 사용했던 오크통 등을 수입해 사용하기 때문이다. 지구상에는 600여 종의 참나무(오크)가 있는데, 우리나라에는 갈참나무, 떡갈나무, 졸참나무 등 6종이 자생하고 있다. 최근 우리나라에서도 오크통이 생산되기 시작했다. 충북 영동의 '영동 오크통 제작소(대표 정충호)'에서 국내산 참나무로 제작하는데, '동양의 화이트 오크(Oriental White Oak)'라고 불리는 갈참나무가 아닐까 싶다.

누룩에는 밀을 껍질째로 분쇄해서 메주처럼 덩어리 형태로 띄운 '막누룩'과 쌀알에 곰팡이를 띄운 '흩임누룩'이 있다. 막누룩에는 라이조프스, 유산균, 효모 등 다양한 미생물이 번식하여 복잡하고 미묘한 맛이 나게 되고, 흩임누룩에는 오리제라는 곰팡이가 잘 자라서 단순하고 경쾌한 맛이 나게 된다. 한국과 중국은 막누룩을 사용하지만, 일본에서는 고온다습한 기후 때문에 흩임누룩을 사용한다.

우리나라와 일본에서는 원료인 쌀에 누룩을 넣고 물을 첨가해 발효시키는 '액체 발효법'을 사용하지만, 중국에서는 물이 귀한 까닭에 '고체 발효법'이 발달하였다. '고체 발효법'은 분쇄한 수수에 왕겨를 섞고 물을 뿌려 축축하게 적신 다음 시루에 넣고 찐다. 찐 술떡을 식힌 다음 표면에 누룩과 효모를 뿌리고 깊이 2~3m의 갱(발효지) 속에 묻고 1주일에서 1개월 정도 발효시킨다. 발효가 끝난 술떡을 시루에 넣어 수증기로 찌면 증류가 되면서 알코올 도수 50~70도의 원액을 얻는 방식이다. 시판되는 백주(白酒: 바이주)는 원액을 옹기에 넣어 숙성시킨 것이다.

전분을 당과 알코올로 변환시키는 데 필요한 것이 누룩이다. 우리나라의 전통 누룩은 밀가루나 밀기울에 물을 조금 섞어 덩어리로 한 것에 당화용 곰팡이와 알코올 발효용 효모가 자연적으로 번식하게 한 것을 말한다. 전통 누룩은 밀의 분쇄 정도에 따라 밀을 가루로 만든 분곡(粉麯)과 거칠게 분쇄한 조곡(粗麯)으로 구분한다. 분곡 중 밀기울이 섞이지 않은 것을 특별히 백곡(白麯)이라고 한다. 분곡은 주로 약주 제조용으로, 조곡은 탁주용으로 사용한다.

전통 누룩에는 '젖산 발효' 기능이 있어 품질이 뛰어난 술을 빚을 수 있는 장점이 있으나, 당화 발효나 알코올 발효균은 물론 여러 가지 다른 잡균들도 들어 있어 균질한 술을 만드는 데 어려움이 있고 제조 기간이 오래 걸린다는 단점이 있다.

따라서 당화력이 강한 균을 집중적으로 배양해서 누룩 만드는 데 첨가함으로써 발효 시간을 단축하고 비용을 절감할 수 있다. 이렇게 술을 만드는 데 필요한 미생물을 집중 배양시킨 것을 종국(種麯)

이라고 한다. 살균한 전분질 원료에 종국을 접종하여 단시간에 번식시킨 것을 입국(粒麴)이라고 하며 이것이 일본식 누룩이다.

1970년대에 들어서면서 고 배상면 회장이 전통 누룩과 일본식 누룩의 장점을 합쳐 개량 누룩인 조효소를 개발하였다. 개량 누룩인 조효소는 술의 품질을 일정하게 하는 장점이 있지만, 전통 누룩이 가지고 있는 '젖산 발효' 기능이 없어 품질향상에는 한계가 있다. 이후 증류식 소주 제조에는 조효소로 거의 전량 대체되었고, 탁주와 약주에는 전통 누룩, 일본식 누룩인 입국, 조효소 등이 혼재되어 사용되고 있다.

술의 원료로서 한국은 쌀(멥쌀과 찹쌀)과 잡곡 등을 사용하고, 일본은 멥쌀만을 주로 사용하며, 중국은 고량(수수)을 가장 많이 사용한다. 따라서 한국의 술은 중국과 일본에 비해 다양한 향미를 가지게 되었다. 중국에서 술의 원료로 고량을 많이 사용하는 이유는 당화효소가 많이 나와 술을 만드는 데 적합할 뿐만 아니라 다른 곡물에 비해 단백질 함유량이 적기 때문에 고량을 원료로 만든 술은 비교적 숙취가 적다는 특성이 있기 때문이다.

또한 한국과 일본은 수질이 좋고 채식 위주의 음식이 많아 양조주가 발달했으나, 중국은 상대적으로 수질이 떨어지고 기름진 음식이 많아 증류주인 백주가 발달하였다.

중국의 경우 추운 북쪽 지방에서는 알코올 도수가 높은 백주를, 따뜻한 남쪽 지장에서는 도수가 낮은 양조주(황주)를 소비하는, 이른바 '남황북백(南黃北白)' 현상이 있다.

참고로 중국에는 5,000여 개의 백주 공장이 있다. 중국의 8대 명주는 '마오타이주(茅台酒, 모태주)', '우량예(五糧液, 오량액)',

‘동주(董酒)’, ‘죽엽청주(竹葉淸酒)’, ‘분주(汾酒)’, ‘노주노교(瀘州老窖)’, ‘양하주(洋河酒)’*, ‘고정공주(古井貢酒)’ 등이다.

  *‘양하주’에서 최고급 백주시장을 겨냥해 개발한 술로 ‘멍즈란(梦之藍)’이 있는데, 멍즈란이란 하늘보다 넓은 남자의 꿈이라고 하는데, 중국의 국가 주석인 시진핑이 즐기는 술임.

[꿀팁] 마오타이의 힘*

  *명욱, 에르메스르를 닮은 마오타이의 힘, 동아 비즈니스 리뷰, 315호, 2021.2, 116~120 쪽에서 발췌

  마오타이를 만드는 ‘구이저우마오타이주’의 시가총액은 2021년 2월 3일 기준 475조 원으로 중국의 대장주이다. 이는 우리나라의 대장주인 삼성전자(505조 원)에 필적하는 수준이며, OB맥주의 모기업이며 전 세계에서 가장 많은 맥주를 생산하는 ‘안호이저 부시 인베브 NV ADR’(116조 원), 조니워커로 유명한 세계적인 주류회사 ‘디아지오 ADR’(101조 원) 등을 크게 능가하는 수준이다. 현재 가장 비싼 마오타이는 현지 가격으로 14억 7천만 원에 달하며, 마오타이의 대표제품인 ‘비천(飛天) 마오타이’는 현지 가격으로 25만 원 수준이다. 이렇듯 비싼 가격은 일반 소비자들에겐 ‘그림의 떡’이었다.
  2000년 초 마오타이는 일반인들의 접근성을 확대하기 위해 저가제품을 연달아 출시하였다. 원재료를 재증류해 만든, 국내 마트 가격 기준 4만 원 수준의, ‘마오타이 영빈주(迎賓酒)’, 증류 횟수를 줄이고 숙성을 하지 않은, 국내 마트 가격 기준 11만 원 수준의, ‘마오

타이 왕자주(王子酒)' 등이다.

이에 따라 일반 소비자들이 저가 제품을 구매할 수 있게 되었음은 물론 점차 마오타이에 빠져들면서 고가제품에까지 손이 가면서 마오타이 마니아가 되고, 결국 중국 내 시장은 물론 해외시장에서도 마오타이에 대한 수요와 명성이 서로 상승작용을 일으키게 된 것이다.

현재 중국 내에서는 마오타이를 가지고 있으면 언젠가 가격이 올라간다는 믿음이 퍼져 있어 마오타이는 재테크 수단이 되고 있을 뿐만 아니라 은행의 담보물로까지 인정될 정도라고 한다. 재고자산이 많을수록 일반 기업에는 큰 부담이 되지만, 증류주 업체인 마오타이의 경우 주가 상승에 도움이 됨을 알 수 있다.

[꿀팁] 중국의 특이한 양조주

중국술은 증류주인 백주(白酒)가 주종을 이루기는 하지만 황주(黃酒)라고 부르는 양조주도 있다. 황주는 주로 찹쌀과 보리누룩을 이용하며, 대표적인 것이 저장성 소흥현에서 생산되는 사오싱주(紹興酒, 소흥주)이다. 사오싱주는 따뜻하게 데워 마시면 풍미를 올려주며, 마른 매실을 술에 넣으면 향미가 더욱 풍부해진다.

특이한 것으로는 화타오주(花雕酒, 화조주)와 뉘얼훙(女兒紅, 여아홍)이 있다. 화타오주는 딸이 태어나면 술을 빚어 꽃을 그려 넣은 항아리에 담아 땅속에 저장해 두었다가, 그 딸이 결혼할 때 개봉하여 마신다고 한다. 뉘얼훙은 사내아이가 태어날 것을 기대하며 술을 빚었는데 딸을 낳자 화가 나서 술독을 땅에 묻어 버렸는데, 딸이 장성해 시집을 가게 되자 예전에 묻어 두었던 술이 생각나 꺼내 보니 맛있는 술이 돼 있어 그 이후 딸을 낳으면 술을 빚어 땅속에 묻어 두게 되었다고 한다.

우리 술이 걸어온 길

　삼국유사에서는 우리나라 술의 기원에 대해 단군을 모시는 제사에 햅쌀로 만들어 올린 술, 신농주(神農酒)로부터 시작되었다고 한다. 부여의 영고(迎鼓), 예(濊)의 무천(舞天), 고구려의 동맹(東盟) 등 제천 의식에는 마을 단위로 술을 빚어 음주와 가무를 했다는 기록이 있다.

　또한 고구려의 시조인 동명성왕의 탄생 설화에도 술이 등장한다. 3세기에 간행된 중국의 역사서인 『삼국지』〈위지동이전(魏志東夷傳)〉에는 '고구려 사람들은 술을 잘 빚는다.'는 기록이 나와 있다.

　비슷한 시기에 백제 사람인 수수보리(須須保利, 인번) 또는 수수거리(須須許利)가 일본에 흩임누룩(散麴)을 이용한 주조기술을 전파하였다. 일본의 고사기에 따르면 15대 천황인 오진(應神) 천황(재위: 270~310)이 수수보리가 만든 술을 극찬하였다고 하며, 573년 수수보리는 일본 교토에 있는 사가신사(佐牙神社)에 일본의 주신(酒神)으로 모셔졌다. 현재 후쿠오카의 와카타케야 양조장에서는 '수수거리'라는 이름의 술을 만들고 있는데, 상표는 '고주(古酒)'이며 옆에 '수수거리'를 소개하는 문구가 있다.

　멥쌀과 누룩으로 빚은 신라의 술도 중국의 당(唐)나라에까지 명

사가신사의 입구　　　　　　　　수수보리를 주신으로 모셨다는 표시판

성을 날렸다고 한다. 6세기 전반에 북위에서 간행된 제민요술(齊民要術)에는 막누룩(餠麴)과 흩임누룩을 모두 언급하고 있어, 적어도 삼국시대에는 두 가지 누룩을 사용해 술을 빚었음을 유추할 수 있다.

　기후 탓에 우리나라와 중국에는 막누룩이, 일본에는 흩임누룩이 정착하게 되었고, 『삼국사기』에 나오는 요례(醪醴)는 막걸리를 뜻하므로 우리나라의 최초의 술은 막걸리였음을 알 수 있다. 막걸리는 빛깔이 맑지 않고 탁하므로 '탁주(濁酒)' 또는 '탁배기'라고도 했으며, 같은 의미에서 재주(滓酒), 또는 회주(灰酒)라고 부르기도 했다.＊

＊막걸리의 다른 명칭으로는 색깔의 희다는 뜻에서 '백주(白酒)' 또는 '백마(白馬)'라고도 했으며, 시인 조지훈은 쌀과 누룩, 샘물 등 3가지로 빚었다고 해서 '삼도주(三道酒)'라 불렀다. 사투리로는 젖내기술(논산), 탁바리(제주), 탁주배기(부산) 등이 있음.

술이 다 익으면 액체(술)와 고체(술지게미)로 나누어진다. 대나무 또는 싸리로 만든 '용수'를 박으면 용수에 맑은 술이 고이게 되는데 이것이 청주(淸酒)이며, 물을 더 넣어 걸쭉하게 체에 걸러낸 것이 탁주(濁酒)이고, 나머지 고형물이 술지게미이다.

술을 체로 거르는 것을 녹주(漉酒)라고 하는데, 체를 찾지 못해 급하게 술을 마시고 싶은 주당은 머리에 쓰는 갈건(葛巾)으로 술을 걸렀다고 한다. "막걸리 괴는 소리 듣고 매화타령 한다."는 전래 속담은 막걸리가 곧 숙성되어 마실 수 있게 되어 기분이 좋다는 뜻인데, 이 소리를 듣고 참을 수 있는 주당은 별로 없었을 것이다.

술을 거르는 용수는 삼국시대 후기부터 사용되었다고 추정되므로 용수 사용과 함께 이 시기에 청주도 등장한 것으로 판단된다. 중국 송나라의 이방이 983년에 편찬한 『태평어람(太平御覽)』에는 '곡아주(曲阿酒)'가 고구려에서 유래되었다고 기록하고 있어 우리의 양조기술이 상당한 수준이었음을 알 수 있다

[꿀팁] 일본의 막걸리 '도부로크'

우리나라의 막걸리와 상당히 유사한 '도부로크'라는 술은 사케의 원형이라 할 수 있다. 쌀에 흩임누룩을 섞어 발효시킨 후 거르지 않고 마시는 술이다. 사케는 발효가 끝난 후 '상조'라고 하는 여과 과정을 거쳐 나온 맑은 술이다. 하지만 '도부로크'는 거르지 않은 '모로미'라고 하는 걸쭉한 상태로 출시하는 것이므로 '모로미주'라고도 하며, 일본 주세법상으로는 '기타 양조주'에 속한다.

일본 정부의 '구조개혁 특별구역'의 하나인 '도부로크 특구' 179여 개 지역 및 40여 개소의 신사(神社)에서만 제조되며, 신사의 경우에는 경외로의 반출이 금지되고 있다. 특구로 인정을 받기 위해서

는 특구 내에서 쌀을 직접 재배하는 농업인이 민박이나 레스토랑을 운영해야 한다. 2007년 필자는 '도부로크' 특구 중 한 곳을 방문해 마셔본 적이 있는데, 걸쭉하며 단맛이 나지만 신맛이 강하다는 느낌을 받았다.

다양한 누룩과 용수

[꿀팁] 좋은 막걸리

좋은 막걸리란 잘 걸러서 물을 타지 않은 것, 즉 진국 막걸리를 순료(醇醪)라고 불렀다. 음식 평론가인 황광해 씨가 '순료'와 관련해 언급한 것 중 몇 가지를 소개하면 다음과 같다.

고려 말 삼은(三隱) 중 한 사람인 목은(牧隱) 이색(1328~1396)은 "맛있는 음식과 순료는 입에 매끄럽고 향기로우니 마치 보약처럼 술술 장에 들어간다."라고 했으며, 조선조 성종 2년(1471년) 대사헌 한치형이 올린 상소문에는 "환관에게 빠져들면 순료를 마시면서 미처 취하는 것을 깨닫지 못하는 것과 같다."라고 했다.

조선 후기의 실학자인 이규경(李圭景)은 나이 든 사람들의 겨울 철 섭생법을 "새벽에 일어나 순료를 마시고 양지쪽에 앉아 머리를 빗는다."고 소개했다. 이를 보면 진한 막걸리인 순료는 정말 좋은 술이 틀림없는 것 같다.

고려 시대에는 쌀 중심의 양조법이 더욱 발전했다. 궁궐 내에는 술을 빚고 보관하는 일을 담당하는 '양온서(良醞署)'를 두었고, 공설주점도 설치되었으며, 인력과 재력이 집중되었던 사찰을 중심으로 대규모 양조가 이루어졌다고 한다.

양온서는 고려 문종(재위 1046~1083) 때 설립되었고, 청주와 법주(국가의 의식용 술)를 빚었다고 한다. 고려 시대 대표적인 청주로는 이규보(李奎報)의 시에 나오는 '백하주(白霞酒)'를 들 수 있는데, 백로주(白露酒)라고도 하며, 희고 노을빛이 나는 술이었던 것 같다.

고려에 송나라 사신으로 왔던 서긍(徐兢)이 1124년에 저술한 『고려도경(高麗圖經)』에는 "고려에는 찹쌀이 없어 멥쌀과 누룩으로 술을 빚는다.", "술의 맛이 독하며 쉽게 취하고 빨리 깬다."라는 기록이 있어 이 시기에 이미 중양법(重釀法: 덧술법)이 사용되어 술의 도수가 높았음을 알 수 있다.

고려시대 이래 이화주(梨花酒)로 알려진 술은 대표적인 탁주인데, 막걸리용 누룩을 배꽃이 필 무렵에 만들어서 이화주라고 부르게 되었다.

이화주는 쌀가루로 만든 흰색 누룩인 설향국(雪香麴)으로 빚은 술이며, 맑은 술이 아니고 흰색의 된 죽과 같아 물을 타서 마셨다.

또한 『고려사』에는 포도주, 잣(海松子)으로 만든 송자주(松子酒),

호두주(胡桃酒) 등 과실주에 대한 기록이 있지만, 곡류로 만든 술에 익숙한 우리나라 사람들에게 과실주는 별로 관심을 끌지 못했던 것 같다.

고려 후기에는 아랍 지역에서 시작된 증류 방법이 몽골이 세운 원나라를 거쳐 우리나라에 도입되었다. 몽골에서는 증류주를 '아리키(亞刺吉)'라고 불렀는데, 원나라가 한반도를 침략한 후 군사기지가 있던 곳곳에서 이것의 흔적이 발견된다.

개성에서는 소주(燒酒)를 '아락주'라 불렀고, 평안북도 지방에서는 소주를 '아랑주'라 하였으며, 안동(안동소주)과 제주도(고소리술)에도 흔적을 찾아볼 수 있다.

초기에 소주는 약용으로 사용되었고, 독하지만 순수한 맛으로 이용하는 사람이 많았다고 하는데, 증류주이기 때문에 값이 비싸 대중주가 되기는 어려웠을 것이다. 증류주 문화가 정착되면서 단순 증류주인 노주(露酒)뿐만 아니라, 2차 및 3차 증류주인 환로주(還露酒)도 등장하였다. 고차 증류주인 '감홍로(甘紅露)'가 이 시기에 탄생하게 된 것이다.

고려 시대에는 청주, 탁주, 소주 외에도 과실주, 꽃의 향을 가미한 가향주(佳香酒)*, 생약재를 첨가한 약용주(藥用酒) 등 다양한 술이 등장하였다. 약용주로 유명한 자주(煮酒)는 청주에 황랍**, 계피, 후추 등을 넣고 고아낸 술이다.

*가향주로는 도화주(桃花酒), 송화주(松花酒), 연엽주(蓮葉酒), 죽엽주(竹葉酒), 국화주(菊花酒), 유자피주(袖子皮酒), 백화주(百花酒), 두견주(杜鵑酒) 등이 있었음.

조선 시대로 접어들면서 '소줏고리'의 등장과 함께 증류법은 더욱 발전하여 증류식 소주의 유행을 불러왔다. 소주의 증류기로는 승로병(承露瓶), 승로홍(承露缸) 등이 있으며 만들어진 재료에 따라 옹기류인 토고리(土古里), 구리로 만든 동고리(銅古里)가 있다.

〈태종실록〉에는 태조 이성계의 맏아들인 방우(方雨)가 소주를 너무 많이 마시고 병이 나서 죽었다는 기록이 있다. 조선조 초기에는 소주가 사대부 계층에 한정된 고급술이었으나, 이후 소주의 소비가 확대되면서 이를 충당하기 위해 고급 양조주도 소주의 덧술로 사용될 정도였다고 한다. 중종(재위 1506~1544) 무렵에는 지나치게 수요가 확대되면서 소주 생산에 많은 곡물이 소요되므로 소주 소비를 제한해야 한다는 상소가 올라올 정도였다.

1798년(정조 22년) 이만영이 편찬한 『재물보(才物譜)』에는 소주를 '홍로(紅露)', '기주(氣酒)', '화주(火酒)', '아라길주(阿喇吉酒)' 등으로 부른다고 하였으며, 증류할 때 똑똑 떨어지는 소주 방울을 묘사해 '노주(露酒)', '한주(汗酒)'라고도 하였고, 색깔이 투명해서 '백주(白酒)'라고도 불렀다. 일반 소주로는 서울의 '삼해주(三亥酒)'가 유명하였고, 소주에 약재를 첨가한 약소주(藥燒酒)로는 황해도의 '이강주(梨薑酒)', 전라도의 '죽력고(竹瀝膏)', 충청도의 '노산춘(魯山春)'이 유명하였다.

[꿀팁] 소줏고리와 술독의 미학

술독과 소줏고리에는 우리 선조들의 뛰어난 지혜가 숨어 있다. 술을 보관하고 숙성하는 데 사용하는 술독과 증류식 소주를 내리는

소줏고리의 내부와 외형의 모습

소줏고리는 모두 옹기가 사용된다. 일반 도자기의 겉면은 화학약품이 첨가된 유약이 사용되지만, 술독이나 소줏고리로 사용하는 옹기는 도자기와는 달리 나뭇잎을 태운 재와 황톳물로 만든 유약을 사용하므로 유해 물질을 걱정할 필요가 없다. 또한 미세한 기공(氣孔)을 통해 외부로부터 산소가 공급되고 내부의 유해가스는 배출되도록, 즉 숨을 쉬게 되어 있다.

술독은 곡물 등을 저장하는 다른 옹기와는 달리 옹기의 배가 불룩한데, 이런 구조는 내부 온도를 높여 일교차를 작게 함으로써 술의 안정적인 보관과 숙성을 가능케 한다. 또한 술독 중에는 통 아래쪽과 그보다 다소 위쪽에 돌출된 귀 모양의 구멍 뚫린 주둥이가 2개 있는 것이 있다. 위쪽 주둥이에서는 맑은 술이 나오게 되고, 아래쪽 주둥이로부터는 술 찌꺼기를 받아내도록 한 것이다.

소줏고리는 장구통 모양으로 허리가 잘록하며 둥근 통 2개가 이어져 있다. 아래통에는 발효가 끝난 술이 담겨 있어 이를 가열하면 알코올 성분과 향이 위의 통으로 올라가게 된다. 위통의 내부는 이중구조로 되어 있는데, 윗부분은 냉각수를 담아두는 곳이다. 기화된 알코올 성분과 향이 냉각수가 있는 부분에 닿으면 액체화되어 위통 아랫부분에 붙어 있는 긴 주둥이를 통해 흘러나오면서 주둥이 아래 놓인 용기인 '귀때동이'에 증류주 원액이 고이게 되는 것이다.

조선 전기에는 양조 원료로 멥쌀보다 찹쌀의 사용이 증가하고, 양조기법도 단양법(單釀法)에서 벗어나 이양주(二釀酒), 삼양주(三釀酒), 사양주(四釀酒) 등을 빚는 중양법(重釀法)이 보편화되었다. 특히 상류사회를 중심으로 중양주를 선호하여 삼해주(三亥酒)*, 이화주(梨花酒)**, 청감주(清甘酒), 향온주(香醞酒)***, 하향주(荷香酒), 춘주(春酒), 국화주 등이 개발되었다.

*음력 정월 해일, 해시에 빚기 시작하여 다음에 돌아오는 해일, 해시까지 세 번에 걸쳐 빚는 술

**이화곡이라고 하는 누룩을 사용해 물 없이 쌀로만 빚는 술

***분쇄한 밀가루에 녹두 가루를 섞어 만든 누룩인 향온곡을 사용해 빚은 술

참고로 지에밥 또는 고두밥(찹쌀이나 멥쌀을 시루에 찐 것)과 누룩을 섞어 버무린 것을 술덧(술밑)이라 하고, 술이 빨리 발효되도록 술덧에 조금 넣는 묵은 술을 밑술이라고 한다. 밑술이 발효된 것이 단양주이며, 밑술에 덧술(고두밥, 떡 등)을 한 번 한 것을 이양주,

두 번 덧술 한 것은 삼양주, 세 번 덧술 한 것은 사양주, 네 번 덧술 한 것은 오양주라고 한다.

조선 후기에는 집집마다 독특한 비법을 간직한 가양주(家釀酒)가 등장하면서, 전통주의 전성기를 이루었다. 이들 중에는 서울의 약산춘(藥山春)*, 평양의 벽향주(碧香酒)** 충주의 청명주(淸明酒)*** 등이 있다.

*정월에 멥쌀과 누룩으로 빚은 삼양주이며 향기롭고 매운맛으로 유명함.

**단양 또는 이양주로 술의 색깔이 맑고 밝으며 콕 쏘는 맛임.

***찹쌀로만 두 번에 걸쳐 빚는 이양주로 절기주의 하나임.

또한 기온과 습도가 높은 여름철에는 술빚기가 쉽지 않고 장기 저장이 어려운 상황을 타개하기 위해 양조주와 증류식 소주를 혼합하는 '혼양주(混釀酒) 기법'이 도입되었다. 이는 스페인의 쉐리(포도주와 브랜디의 혼합)와 유사하다고 할 수 있다.

대표적인 혼양주로는 과하주(過夏酒)와 송순주(松筍酒)가 있다. 1541년 김유가 저술한 『수운잡방(需雲雜方)』을 포함한 조선 시대 다른 문헌에 등장하는 술 종류는 외국에서 들어온 술을 제외하고도 무려 380여 종에 이르러 조선 시대는 가히 우리 전통주의 전성 시기였음을 확인할 수 있다.

특히 1610년 허준이 저술한 『동의보감』 〈잡병편〉에는 각종 식품에 대한 해설과 함께 술, 죽 등 질병 치료와 예방에 필요한 음식물이 언급되면서 양생음식(養生飮食)이 발전함과 동시에 약재와 가향재를 곁들인 향약주(香藥酒)가 증가하였다.

1670년경에 발간된 『음식디미방』에는 39가지의 술이 소개되고 있다. 1827년에 간행된 『임원십육지(林園十六志)』에서 소개하고 있는 술은 183종에 이르는데, 이 중 약용주는 장춘주(長春酒), 신선주(神仙酒), 인삼주(人參酒), 호골주(虎骨酒) 등 모두 62종에 이른다.

허준의 『동의보감』에서도 약용주 19종의 치료 효과를 언급하고 있고, 그 밖의 한의서에서도 조선 시대는 약용주의 천국이었다고 할 만큼 다양한 약용주를 열거하고 있는데, 이 중 일부를 소개하면 다음과 같다.

장수 주류 : 고본주(固本酒), 무술주(戊戌酒), 지황주(地黃酒), 구기주(枸杞酒), 천문동주(天門冬酒), 창포주(菖蒲酒)

풍병 치료 : 송엽주(松葉酒), 송절주(松節酒)

기혈 보강 : 서두주(庶頭酒)

풍진(風疹) 치료 : 밀주(蜜酒: 벌꿀 술)

주독(酒毒) 해소 : 황련주(黃連酒)

타상 치료 : 홍국주(紅麴酒)

낭습 치료 : 오가피주(五加皮酒)

신경통 및 중풍 예방 : 죽순주(竹筍酒)

부인병과 정력에 도움 : 우슬주(牛膝酒), 음양곽주(淫羊藿酒; 삼지구엽주)

여성 건강 : 홍화주(紅花酒), 천궁주(川芎酒), 당귀주(當歸酒)

위장 : 칡술

지구상에 있는 거의 모든 술은 향미와 취기, 두 가지를 즐기기 위한 것인데, 과음하면 건강을 해칠 수 있다는 것이 단점이다. 하지만 우리의 약용주는 향미와 취기에 더해 건강까지, 즉 3박자 모두를 챙기는 것으로 우리 선조들의 뛰어난 혜안에 감탄하지 않을 수 없다. 약용주 예찬론자들은 약용주는 최고의 약, 즉 '백약지장(百藥之長)'이라고 한다.

우리가 약주(藥酒)라고 하는 것은 맑게 거른 술, 곧 청주를 말하며 약용주와는 다른 것이다. 약주라는 명칭의 유래에 대해서는 두 가지 설이 있다.

하나는 조선 시대 가뭄 또는 흉작이 들 때는 금주령이 내려졌는데, 술을 좋아하는 한 양반이 몰래 밀주를 담가 놓고 마시다가 들키게 되면 "이건 술이 아니라 약이다." 하고 변명하며 금주령을 피했다는 데서 약주라는 말이 나왔다는 설이 있다.

다른 하나는 선조 때 문신이었던 서유거의 집에서 빚은 술이 유명하였는데 그의 호가 약봉(藥峰)이고 그가 사는 곳이 약현(藥峴: 현재의 서울 중림동)이어서 좋은 청주를 약주라 하게 되었다는 설이다.

현재 약주는 맑은 술을 뜻하는 고유의 의미 외에 술의 높임말로도 쓰이고 있다. 예를 들어 "많이 취하셨군요."라고 하기보다 "약주가 과하신 것 같습니다."라는 말이 점잖은 표현이라고 할 수 있다.

조선 시대 가양주 중에는 계절성이 강한 절기주(節期酒)가 많았다. 정초에는 혹시 모를 그 해의 액(厄)을 막는다는 액막이 술을 마셨는데, 액막이 술로는 도소주(屠蘇酒)*와 초백주(椒柏酒)**가 있고, 다른 절기주로는 '귀밝이술(이명주:耳明酒)'가 있었다.

*길경(도라지), 방풍(防風), 산초(山椒), 육계(계피) 등의 약재를 주머니에 넣어 섣달 그믐날 우물에 넣었다가 정월 초하룻날 꺼내 청주에 넣고 끓인 후 식혀서 마시는 술

**후추와 측백나무 잎사귀를 소주에 넣어 우려낸 것

봄에는 찹쌀과 진달래꽃으로 빚은 두견주(진달래술)*를 마셨다. 청명주(淸明酒)는 4월 5일 청명 한식날에 제사를 지내기 위해 빚은 절기주이다. 석가모니 탄신일인 4월 초파일 연등 행사 기간에는 '등석주(燈夕酒)'를 빚어 나누어 마셨다. 연중 양기가 가장 세다는 5월 단오날에는 '창포주(菖蒲酒)'와 삼오주(三午酒), 6~7월 농사철에는 '농주(農酒)'를 마셨는데 '동동주'와 '막걸리'가 대부분이었다.

*영남지역에서는 '참꽃술'이라고 함

여름철에는 상할 염려가 없는 '과하주(過夏酒)'를, 음력 8월 15일 한가위에는 햅쌀로 '신도주(新稻酒)' 또는 '햅쌀 술'을 빚어 마셨다.*

*한가위를 즐기며 마시는 술을 가배주(嘉俳酒)라고도 하는데, 가배란 가위의 옛말임.

양(陽)이 겹친 날이라는 9월 9일 중양(重陽)에는 '중양절(重陽節)

술'을, 10월 초순 조상 묘소에 제사를 올리는 시제(時祭)에는 '시제술'을, 가을이 짙어지면 국화주(菊花酒)를 빚었다. 겨울에는 매화주(梅花酒)를, 섣달 그믐날 밤에는 묵은해의 액을 털고 행운의 새해를 기원하며 '제석(除夕) 술'을 빚어 마셨다.

절기주와 유사하게 꽃이 피는 계절에 술을 즐기는 낭만적인 풍류도 있었다. 매화꽃이 피는 시기에 마시는 것을 매화음(梅花飮), 살구꽃 피는 시기에는 행화음(杏花陰), 복숭아꽃 시절에는 도화음(桃花飮), 연꽃이 만개할 때는 상련음(賞蓮飮), 가을에 국화꽃이 무르익을 때는 국화음(菊花飮)이라 하였다.

[꿀팁] 특이하게 빚는 술, 이양주(異釀酒)

일반적인 술 빚기 방법이 아닌 특이한 방법으로 만든 술을 이양주라고 하는데, 몇 가지를 소개하면 다음과 같다.

와송주(臥松酒): 비스듬히 자란 소나무에 구멍을 낸 다음, 그 속에 술을 빚어 넣은 후 소나무 뚜껑을 덮고 그 위에 진흙을 바르고 풀을 덮어 빗물이 들어가지 않게 하여 익힌 술이다.

죽통주(竹筒酒) : 살아있는 대나무에 구멍을 내고 그 속에 술덧을 넣어 빚은 술이다.

지주(地酒) : 술을 빚어 항아리에 담은 후 항아리를 땅속에 묻어 익히는 술이며, 중국의 노주(老酒)와 같이 몇 해를 묵히기도 했다.

청서주(淸暑酒) : 술 빚은 항아리를 찬물에 담가 익히는 술로 여름철 양조법이다.

송하주(松下酒) : 동짓날 밤에 술을 빚어 넣은 항아리에 소나무 뿌리를 넣고 봉한 다음 소나무 밑에 묻고 다음 해 늦가을에 꺼내어 마시는 술이다.

신선벽도춘(神仙碧桃春) : 소나무의 속을 판 다음 멥쌀가루를 찐 것과 누룩을 섞어 넣고 밀봉한 후 숙성이 끝나면 마시는 술이며, 송복주(松腹酒)라고도 한다.

봉래춘(蓬萊春) : 청주, 황랍, 후추를 넣은 항아리를 물을 끓이는 솥 위 공중에 매달고 김을 하루 종일 쏘인 다음 마시는 술이다.

일본 강점기는 우리 술의 암흑시대였다. 1909년 일제에 의해 주세법이, 1916년 강화된 '주세령(酒稅令)'이 공포되고 같은 해 9월 주세령을 근거로 강제집행이 시작되었다.

주세령이 생기기 이전에는 자가 제조 및 판매가 자유로워 당시 제조장 수는 무려 155,832곳이나 되었다. 하지만 '주세령'으로 인해 가가호호에서 가양주 형태로 빚는 수백 종에 이르는 우리의 전통주는 사라지게 되었고, 일부는 밀주(密酒) 형태로 겨우 명맥을 유지하게 되었다.

1916년 1월에는 밀주 제조에 대한 단속 강화와 함께 모든 주류를 약주, 탁주, 소주로 단순화하였다. 순곡 청주류와 가향주류, 약용 약주류를 모두 약주류로 묶고, 일본 술을 청주류라고 함으로써, 우리의 전통 청주류는 사라지게 되었다.

1919년 6월에는 우리나라에서는 처음으로 평양의 '조선소주'에서 연속식 증류 방식에 의한 희석식 소주가 생산되기 시작하였고, 같은 해 10월 '조일 양조장'이 세워졌으며, 1924년에는 '진천양조상회'(진로소주의 전신)가 설립되었다.

당시 희석식 소주의 원료로는 고구마가 사용되었다. 1921년부터는 신기술 도입이라는 명분 아래 전통 누룩을 사용하던 방법에서 흑곡, 황곡 등의 배양균을 사용하는 입국법이 본격화되면서 우리 전통주의 명맥이 끊기게 되었다.

1940년 조선총독부는 탁주를 제외한 주류의 전면 배급제를 시행했으며, 에탄올을 전쟁에서 연료로 사용하기 위해 모든 소주 제조업체에 대해 알코올 연료 생산을 의무화했다.

우리나라의 최초의 맥주(麥酒)에 대한 기록은 1450년 전순의(全楯義)가 저술한 조리서이자 종합 농서인『산가요록(山家要錄)』에 나와 있다. 쌀로 만든 백설기와 누룩을 섞어 밑술을 만든 다음 찐 보리쌀을 덧술로 사용해 2주 정도 발효시킨 후 걸러낸 것인데, 알코올 도수는 15.5도이며 탁한 색깔의 술로 서양의 맥주와는 다른 '보리막걸리'라고 할 수 있다.

"농주에는 보리술도 한 몫 한다."는 속담은 농주는 일반적으로 쌀막걸리지만, 여름에는 쌀이 없어 보리막걸리를 농주로 사용한다는 뜻이므로 그 당시 맥주(보리막걸리)는 하급 술이었음을 알 수 있다.

우리나라의 서양식 맥주는 1933년 일본의 대일본 맥주가 조선맥주(하이트맥주의 전신)를, 같은 해 12월 기린맥주가 소화기린맥주(OB맥주의 전신)를 설립하면서 시작되었다.

당시에는 맥주가 고가의 술인 까닭에 수요는 고소득층에 한정되었다고 한다. 광복 이후 두 회사 모두 미군정에 의해 관리되다가 1952년 민간 부문으로 이전되었다.

[꿀팁] 지난날의 주점

우리나라 주점에 관한 기록은 고려 시대에 최초로 나타나는데, 고려 성종 2년(983년) 수도 송도에 주점 설치를 허가했다고 한다.

'헌주가(獻酒家)' 또는 '공주가(貢酒家)'는 큰 독 5~60개 정도를 갖춘 비교적 큰 양조장으로 주로 약주를 생산하며 일부는 증류식 소주와 탁주도 생산하고, 도매와 소매를 겸하였다.

'소주가(燒酒家)'는 주로 증류식 소주를 제조 및 판매하는 집이었다. '병주가(瓶酒家)'는 문 앞에 술병을 그려 붙이고 술을 병에 담아 소매하는 곳이며, 증류식 소주와 약주는 사다가 팔고 탁주는 직접 제조하였다.

'내외(內外)주점'은 가정집 대문 한쪽에 '내외주가(內外酒家)'라는 글씨를 써붙인 곳으로, 나이 든 과부 또는 쇠락한 양반가의 안주인이 생계수단으로 술을 판매하므로 주객은 반드시 3 주전자 이상 팔아주는 것이 예의였다고 한다. '내외하다'는 낯모르는 남녀 사이에 서로 얼굴을 마주하지 않는다는 뜻이므로, 얼굴은 내밀지 않고 팔로 술상만 들여보낸다고 해서 '팔뚝집'이라고도 하였다.

'주막(酒幕)'은 술, 음식, 숙박을 겸하는 술집으로 초기 주막은 세금을 내지 않는 가건물에서 시작되었다. 술(酒)과 숯(炭)의 발음이 비슷하여 '술막(酒幕)'을 '숯막(炭幕)'이라고도 한다. 주막의 입구에 있는 긴 장대 위에 용수를 씌워 두거나 주등(酒燈)이나 주기(酒旗), 심지어는 갓모(笠帽 : 비가 올 때 갓 위에 덮어 쓰는 것)를 매달아 주막임을 알렸다.

'모주가(母酒家)'는 청주를 뜨고 난 술지게미에 물을 붓고 으깨서 걸러낸 막걸리인 모주를 파는 곳으로 주로 막벌이꾼 같은 인부들이 많이 이용한 곳이다.

'목로주점(木櫨酒店 ; 선술집)'은 골목길에 의자도 없이 목판 위에서 술을 팔았기 때문에 서서 마시는 술집이며, 술과 함께 술국을 주고 술값만 받았다. 일본의 '다치노미야'와 비슷하다.

'이동술집'은 입구가 좁은 옹기(오지병)에 증류식 소주를 담아 머리에 이고 다니며 길목에 자리잡고 술을 팔았다.

광복 이후에도 우리 정부의 주류정책은 일제강점기의 정책을 그대로 이어받아 우리 전통주의 회복은 언감생심이었다. 더욱이 한국전쟁 이후 식량난이 계속되면서 밀주 단속이 계속되었음은 물론 값싼 수입 당밀로 만든 희석식 소주가 서민층의 수요를 잠식하게 되었다. 이 시기에 증류식 소주는 원료 부족과 높은 생산비로 인해 수요 창출에 어려움이 있었으나, 희석식 소주는 낮은 가격을 무기로 시장점유율을 확대할 수 있었다.

1962년 정부는 '미곡 절약에 대한 범국민운동 지침'을 발표하여 양곡을 원료로 하는 소주의 제조를 1962년 12월 1일부터 1963년 10월 31일까지 금하고, 소주의 양조 원료는 고구마 또는 고구마를 원료로 하여 제조한 주정을 사용하도록 하였다.

1963년에는 서민들의 술인 막걸리 제조에 쌀을 사용하지 못하도록 하였다. 그 이후 사용원료의 20% 이내로 쌀 사용을 허용하였다가, 1966년 8월 28일부터는 쌀 사용을 전면 금지하였다.

이에 따라 밀주 형태로 목숨을 연명하던 증류식 소주 업체들은 문을 닫게 되었고, 막걸리는 밀가루 80%, 옥수수 20%의 수입 곡물을 섞어 빚게 되었다.

밀가루를 사용하면 신맛이 강해 사카린 등 단맛이 강한 감미료를 첨가하게 되므로 술의 품질이 떨어지게 마련이다. 이에 따라 서민층은 희석식 소주로, 중산층 이상은 맥주와 수입 양주를 찾게 되었다.

1968년에는 주세(酒稅)가 종량세에서 종가세로 전환되면서 희석식 소주는 더욱 날개를 달게 되었다. 1977년 풍년이 들어 쌀 수확량이 늘어나자 밀가루 막걸리를 금지하고 같은 해 12월에 쌀 막걸리를 허용하는 행정명령이 내려졌고, 14년 만에 쌀 막걸리가 돌아왔다. 하지만 이후 쌀 소비가 늘어나면서 1979년 11월 막걸리에 쌀만을 사용하도록 한 행정명령을 철회하고, 밀가루와 옥수수 등을 다시 사용할 수 있도록 하였다.

희석식 소주가 대중주로 자리함에 따라 생산업체가 우후죽순처럼 늘어나게 되면서 1973년 '주류제조장 통폐합 방침'에 따라 250여 개가 넘던 희석식 소주 제조장이 60여 개로 축소되었고, 1977년에 이르러서는 '1시도 1주' 정책에 따라 10개로 줄게 되었다.

1976년에는 "주류 판매업자는 술을 구매할 때마다 업체가 위치한 도(道)에서 나온 희석식 소주를 일정 비율 이상 의무적으로 구입해야만 한다."는 다소 웃기는(?) 규제가 국세청 훈령으로 시행되었다. 수도권을 독점한 진로 소주와 수도권 진출이 봉쇄된 다른 업체 간의 이해충돌로 인해 1991년에 폐지되었다가 다시 1995년 10월 다시 도입되었다.

이 조항은 1996년 12월 헌법재판소가 위헌 판결을 내림에 따라 완전히 폐지되었다. 현재 희석식 소주 업체는 하이트진로, 롯데칠성음료, 더 맥키스 컴퍼니(구 선양), 충북소주, 보배, 보해양조, 금복주, 대선주조, 무학주조, 제주소주 등 10개이다.

우리 정부의 가양주 및 밀주 금지정책으로 아사 직전까지 이르렀던 우리의 전통주는 1982년에 전통주 발굴 및 무형문화재 지정 등으로 숨통이 틔게 되었다. 1995년 12월 가양주 금지정책이 폐지됨으로써 '밀주(密酒)'의 멍에를 벗게 되는 동시에 '안동소주' 등 일부 증류식 소주의 판매가 재개되었다.

맥주의 경우 1992년 카스맥주가 설립되면서 맥주 제조업체는 오비(OB)*, 조선(하이트의 전신), 카스의 3파전이 되었다가 이후 오비맥주가 카스맥주를 인수하고, 롯데가 두산 BG를 인수함으로써 현재는 오비맥주, 하이트진로, 롯데칠성음료 등 트로이카 체제가 되었다.

*오비맥주는 2014년 4월 벨기에 맥주회사인 안호이저-부시 인베브 (Anheuser-Busch InBev)의 자회사가 되었음.

1981년 오비맥주가 하이네켄의 기술과 상표권을 받아 하이네켄 맥주를 생산하고, 1984년 맥주 수입이 자유화되면서 본격적인 수입 맥주 시대가 시작되었다. 2014년 주세법 개정으로 숙원사업이던 소규모 양조장에서 만드는 수제 맥주(Craft Beer)에 대한 규제가 비로소 풀리게 되었다. 2016년부터는 대형 마트와 편의점에서 판매가 허용되었으며, 2020년 맥주의 종량세로의 전환과 수제 맥주에 대한 과세 표준 경감조치로 본격적인 수제 맥주 시대가 전개될 것이 예상된다.

특히 최근 우리 수제 맥주의 새로운 시도, 즉 '버번 카운티 스타우트'*, '소피'**, '짤맥 골든 에일'*** 등 위스키 또는 와인을 숙성시켰던 오크통에 맥주를 넣어 발효시키는 것을 지켜보면서 필자의 예상을 더욱 확신하게 되었다.

*버번위스키를 숙성했던 오크통에 맥주를 넣어 1년간 숙성시킨 것.

**와인 숙성에 사용했던 오크통에 맥주와 오렌지 껍질을 넣어 숙성시킨 것.

국내산 포도를 원료로 하는 국산 와인은 1974년 해태의 '노블 와인'을 시작으로 1977년 두산주류의 '마주앙'이 생산·출시되었다. 1980년대에 들어와 국산 와인 판매량은 매년 10~30% 씩 증가하였다. 1987년 와인 수입이 자유화되면서 국내 와인 회사들은 가격 경쟁력이 낮은 국산 와인 생산을 축소하고 외국산 벌크와인을 수입한 후 가공하거나 외국의 와인을 OEM 방식으로 수입하기 시작하였다. 이에 따라 국내 와인 시장에서 국산 와인의 비중은 급격히 감소하기 시작하였다.

[꿀팁] 하이트 맥주와 아이스 맥주, 운명의 갈림길

1990년대 초까지 맥주시장의 절대 강자는 OB였다. 당시 조선맥주의 영업부장이 처가의 아래 동서였는데 술자리를 같이할 때마다 시장점유율이 낮다는 이유로 OB맥주는 절대 마시지 못하게 했다.

해서 필자는 동서에게 "차별화의 관건은 수질이니 좋은 암반수가 나오는 지역을 물색해 볼 것"을 권유했다. 1993년 천연 암반수를 사용하여 비열 처리한 '하이트' 맥주가 출시되면서 조선맥주는 이른바 대박을 쳤다. 필자의 권유 때문인지 아닌지는 모르겠지만, 동서는 고맙다는 말과 함께 '하이트' 맥주 2박스를 보내왔다.

아무튼 이를 계기로 조선맥주는 하이트맥주로 회사명을 바꾸게 되었다. '하이트' 맥주의 출연으로 선두 자리를 빼앗긴 OB맥주는 아이스 맥주를 출시하였다. 겨울철에 물웅덩이가 얼면 부유물은 아래로 내려앉고 맑고 투명한 얼음이 위쪽에 생기는데, 아이스 맥주는 이와 같은 원리를 이용하여 제조하였다며 맑고 깨끗하다는 점을 강조한 맥주인데 캐나다에서 처음 시작한 것이었다. OB맥주는 이를 홍보하기 위해 당시 유명한 여배우가 하얀색 스키복을 입고 알프스의 설원을 내려오는 장면을 촬영하여 대대적으로 선전하였다.

하지만 결과는 참패였는데, 필자는 OB맥주의 홍보물이 실패한 까닭은 소비자에게 아이스 맥주의 특성을 제대로 알리기보다는 '아름답다!'는 이미지만 떠올리게 한 것이 주된 원인이 아닌가 생각한다. 차라리 얼린 것과 얼리지 않은 것, 두 가지 맥주를 비교한 화면을 보여주었더라면 큰 효과가 있었지 않았을까 싶다.

제3장
우리 술 되살리기

되살아나는 우리 술
우리 술 살리는 길

되살아나는 우리 술

　우리 선조들은 '식약동원(食藥同源)'이라는 독특한 음식관을 가지고 있었다. 즉 "음식과 약은 결코 다른 것이 아니라 같은 것이다."라고 생각했다. 음식을 적당히 골고루 먹는 것이 곧 가장 좋은 약이고 병을 예방하는 방법이라는 것이다.

　술도 하나의 음식으로 간주하여 적절히 마시면 약이 되고 과하면 병이 되며, 좋은 술은 5가지 맛(단맛, 신맛, 떫은맛, 쓴맛, 구수한 맛)이 조화된 것이어야 한다고 생각하였다. 또한 술이 향미와 취기를 즐기는 것을 넘어 건강까지 챙길 수 있도록 다양한 약재를 이용한 많은 약용주를 개발하였다.

　이토록 뛰어난 우리의 전통주는 일제강점기는 물론 광복 후에도 40여 년이 지나도록, 즉 80여 년이 넘는 기간 동안 숨통이 막혀 왔다고 해도 과언이 아니다.

　양조의 비법이 손에서 손으로 이어지는 가양주 형태의 전통주를 두 세대가 넘도록 유지한다는 것 자체가 거의 불가능하기 때문에 상당수의 전통주가 역사 속으로 사라지고 말았다.

　은근과 끈기의 한민족 후예들이 각고의 노력으로 이 땅에서 생산된 농산물을 이용한 우리의 술을 되살리고 있다. 잊혀 왔던 전통주를 복원시키는 노력과 함께 새롭고 보다 현대적인 주조기술을 적용한 술들이 속속 개발되고 있다.

되살아나고 있는 우리 술의 일부를 탁주(막걸리), 약주, 증류주 등으로 구분하여 정리하면 다음과 같다.

탁주

전통 탁주는 원래 밀로 만든 막누룩을 사용하여 6~7일간 충분히 발효 숙성시킨 술이다. 하지만 일부 탁주는 일본식 쌀누룩(입국)을 사용하여 2~3일 만에 속성으로 발효시켜서 만드는 까닭에 제대로 숙성되지 않아 머리가 아프고 불쾌한 트림이 나는 것이 있다.

전통 탁주를 되살리거나 새로운 시도를 한 것으로 서울에서 생산되는 것은 '장수 막걸리'[1], 경기도에는 양평의 '지평 막걸리'[2], 안성의 '인삼 막걸리'[3], 고양의 '배다리 막걸리'[4], 포천의 '이동 막걸리'[5]와 '술 빚는 전가네 막걸리'[6], 화성의 '부자(富者)'[7] 등이 있다. 강원지역에는 횡성의 '이화주(梨花酒)'[8], 홍천의 '만강에 비친 달'[9]이 있고, 충남에는 논산의 '가야곡 왕주'[10], 당진의 '백련 막걸리'[11] 등이 있다. 충북지역에는 단양의 '소백산 막걸리'[12], 진천의 '쥬세페누보 막걸리'[13]가 있으며, 전북에는 정읍의 '송명섭 막걸리'[14]가 있다. 전남에는 순천의 '오색 막걸리'[15], 강진의 '설성 만월 막걸리'[16], 장성의 '사미인주'[17]가 있고, 경남에는 창원의 '밝은 내일 발효 막걸리'[18]가 있으며, 부산에는 '금정산성 막걸리'[19], 제주에는 '좁쌀 막걸리'[20]가 있다.

[1] 서울탁주에서는 장수막거리 외에도 '월매', '캔막걸리', '인생막걸리' 등을 생산함.

*2)생 쌀 막걸리와 생 옛 막걸리를 생산함.

*3)정헌배 인삼주가에서 쌀과 인삼으로 빚은 '진이(眞伊)'라는 탁주임.

*4)고양 탁주에서 제조하며 고 박정희 대통령이 즐겨 마신 술임.

*5)쌀과 암반수로 이동주조에서 빚은 쌀 막걸리

*6)쌀, 흩임누룩, 연잎을 사용하며, '산정호수 동정춘', '배꽃 담은 연', '궁예의 눈물' 등 3가지 막걸리를 생산함.

*7)배혜정 도가에서 생쌀 발효법으로 빚으며 알코올 도수 10도이며 물을 타지 않은 '우곡주'도 생산함.

*8)현재는 생산을 중단하고 '1000억 유산균 막걸리'와 '1000억 프리바이오 막걸리'로 대체되었음.

*9)쌀과 단호박으로 빚은 술이며 알코올 도수는 10도임.

*10)찹쌀, 국화, 구기자, 참솔 잎으로 빚은 술이며, 명성 황후의 친정에서 빚어 왕실에 진상하였다고 함.

*11)김용세 장인이 흰색 연꽃잎을 사용해 빚은 술

*12)대강양조장에서 쌀, 밀가루, 솔잎을 사용해 빚은 술

*13)햅쌀과 밀가루로 빚은 것이며, 알코올 도수 8도, 13도 두 종류가 있음.

*14)쌀과 전통 누룩만으로 빚으며, 어떤 첨가물도 넣지 않음.

*15)새순천양조영농조합의 황칠 막걸리, 유자 막걸리 등 5가지 막걸리

*16)유기농 쌀만으로 빚은 술

*17)유기농 쌀과 벌꿀로 빚은 술

*18)쌀만으로 빚은 술

*19)쌀과 직접 만든 누룩으로 빚으며, 우리나라 막걸리 중 유일하게 향토 민속주로 지정되었음.

*20)좁쌀을 사용해 빚은 술

이 밖에도 국내산 토종 밀인 '앉은뱅이 밀'로 만든 누룩을 사용하는 서울의 '솟대양조장'*이 있다. 일반 막걸리보다 쌀을 2배 더 넣고 인공 감미료를 첨가하지 않은 서울의 '나루 생막걸리'와 90여 년 된 한식 레스토랑인 '역전회관'에서 100일간의 저온 숙성과 이양주로 빚는 '역전주'와 '역전한주'가 있다.

*국내산 쌀을 사용하지만, 서울에서 생산된 쌀이 아니어서 주세법상 전통주에 속하지 못하며, '솟대 막걸리', '고구마 탁주', 삼양주인 '술술 춘향' 등을 생산함.

경기 용인에는 홍국균(붉은 누룩곰팡이)을 사용하여 장밋빛에 가까운 '술 취한 원숭이'와 떠먹는 막걸리인 '이화주(梨花酒)'가 있다. 평택에는 생쌀을 40일간 발효한 후 100일 동안 저온 숙성한 '호랑이 배꼽 막걸리'가 있다. '강원 홍천에는 임원경제지에 나오는 청주를 탁주로 재현한 '동정춘(洞庭春)'이 있고, 전남 곡성에는 토란을 사용한 막걸리인 '시향가'와 '토막'이 있다. 찹쌀과 멥쌀로 빚고 덧술을 세 번이나 더한 사양주로 알코올 도수가 18도인 해남의 '해창 롤스로이스 막걸리'는 우리나라에서 가장 비싼 막걸리다.

대전에는 삼양주인 '벗이랑', 충북 옥천에는 100% 우리 밀로 만든 막걸리인 '향수', 국내산 쌀로 만든 '시인의 마을'이 있다. 함양에는 우리 쌀과 밀누룩으로 빚은 '꽃잠'과 '은가비'가 있고, 울산에는 '복순도가 손 막걸리'*, 충남 논산의 '우렁이 쌀 손 막걸리', 공주의 '왕알 밤 막걸리', 충북 괴산의 '목도 막걸리'가 있다. 특이한 것으로는 배상면주가가 지역 양조장과 손잡고 생산하는 수제 막걸리인 '동네방네 막걸리', 물만 붓고 발효시키면 막걸리가 되는 분말 막걸리인 '술씨', 젊은 층이 선호하는 탄산이 들어간 스파클링 막걸리인

'이화백주' 등이 있다.

*전통 누룩을 사용하며, 발효 및 숙성 기간이 30일 정도여서 천연 탄산이 풍부한 막걸리

[꿀팁] 토종(전통) 누룩과 막걸리

일제강점기가 우리에게 끼친 또 하나의 해악은 밀로 빚는 우리의 토종 누룩인 막누룩을 금지하고 일본식 입국(粒麴)을 사용하게 한 점이다. 토종 누룩은 균을 일정한 상태로 유지하기가 쉽지 않아 막걸리 제조과정에서 자칫 실수라도 하면 술맛이 달라지는 어려움이 있다. 반면 토종 누룩을 사용하면 우리 막걸리만의 독특하면서도 다양한 맛을 낼 수 있을 뿐만 아니라 유산균이 많아져 건강에 좋은 장점이 있다.

하지만 일본 누룩인 입국은 균을 접종한 것이기 때문에 막걸리 제조과정을 줄일 수 있고 맛도 균일하게 유지할 수 있는, 가성비가 높은 장점이 있지만 다양성이 생명인 막걸리를 획일적인 맛으로 고정되는 치명적인 약점이 있다.

몰래 숨어 겨우 명맥만을 유지하던 토종 누룩이 광복을 계기로 양지로 나오게 되었고, 2000년대 초 '막걸리 붐'이 일면서 본격적으로 되살아나기 시작하였다. 하지만 2010년경 막걸리의 인기가 식기 시작하면서 상당히 많은 제조업체가 토종 누룩을 포기하고 손쉬운 입국 사용으로 전환하고 말았다. 이를 두고 제조업체를 탓하는 사람들도 있으나, "막걸리는 소주나 맥주보다 값싼 술이다."라는 소비자의 고정관념이 가져온 결과이다.

제대로 된 막걸리는 전통 누룩을 사용하여 끝까지 발효시킨 것이

어야 한다. 앞서 소개한 우리의 탁주(막걸리) 중 전통 누룩을 사용하는 곳은 '솟대 막걸리', '지평 막걸리', '만강에 비친 달', '소백산 막걸리', '송명섭 막걸리', '밝은 내일 발효 막걸리', '금정산성 막걸리', '함양의 옛술 도가', '울산의 복순도가' 등 9곳 정도로 파악되었다.

좋은 막걸리는 맛이 좋을 뿐 아니라 술잔에 따라 놓았을 때 꽤 시간이 지나도 가라앉지 않고 뿌연 액체가 잘 유지되지만, 나쁜 막걸리는 술잔에 따라 놓으면 위는 맑아지고 밑에 앙금이 생겨 젓가락으로 휘저어 마셔야 하는 현상으로 구분이 된다.

청주(약주)

우리의 청주는 멥쌀을 원료로 한다는 점에서는 일본의 청주와 같다. 하지만 일본의 청주는 누룩에 누룩곰팡이만을 종균하여 포도당 분해만을 담당케 하고 다시 효모를 투입하여 알코올 발효를 하는 것이며, 우리의 청주는 막누룩 자체에 누룩곰팡이와 효모를 포함하고 있어 별도로 효모를 투입하지 않는 것이다. 다시 말해서 우리의 청주는 막누룩으로 발효시킨 후 맑은 부분만 걸러낸 술이다.

중국에도 찹쌀과 거미집곰팡이를 사용한, 우리의 청주와 유사한 술이 있는데, 중국식 청주는 노주(老酒)라고 하며 누룩 향이 많이 나고 오래 묵혀 진한 맛을 가진다.

반면 우리의 청주는 누룩 속에서 자생하는 유산균에 의한 젖산 발효로 신맛과 단맛이 강한 것이 특징이다.

서울에는 '삼해주'*1)가 있고, 경기지역에는 평택의 '천비향'(오양주)^{*2)}, 강화에 '칠선주'(약용주)^{*3)}, 포천에 '산사춘'^{*4)}, 여주에 '술
아 국화주'(강화 약주)^{*5)}와 '순향주'(오양주)^{*6)}가 있다. 강원도에는
강릉의 '송죽두견주'^{*7)}, 횡성의 '백세주'^{*8)}, 원주의 '황골엿술'^{*9)}과
'모월 연'^{*10)}, 영월의 '옥수수엿술'^{*11)}, 평창의 '감자술'^{*12)}이 있다.

*1)서울시 무형문화재 김택상 씨가 빚는 술로 삼양주이며, 이를 증류한 것이 알
코올 도수 45도의 '삼해소주', 71.2도의 '삼해귀주'이다.

*2)평택의 슈퍼오닝 쌀을 사용해 오양주로 빚은 술

*3)인삼, 구기자, 산수유 등 7가지 약재로 빚은 술

*4)배상면주가에서 산사 열매로 빚은 술이며, 백하주, 흑미주 등도 있음.

*5)과하주를 복원한 것으로 찹쌀, 건조국화꽃, 증류주로 빚은 술

*6)쌀만으로 빚어 40일 동안 발효시키고 60일 동안 저온 숙성한 술

*7)찹쌀, 멥쌀, 차좁쌀, 솔잎, 진달래꽃으로 빚은 술

*8)찹쌀, 인삼, 오미자, 산수유 등으로 빚은 술

*9)삭힌 엿기름물, 찹쌀, 솔잎으로 빚은 술

*10)원주쌀(토토미)로 빚은 후 5개월 간 숙성한 술(13도), 16도인 '모월 청'도
있음.

*11)옥수수를 보리 엿기름으로 당화시킨 후 누룩을 넣어 빚은 술

*12)쌀, 찐 감자로 빚은 술~9포인트, 2칸 들여쓰기

대전에는 석이버섯으로 빚은 삼양주인 '석로주'가 있다. 충남에는
공주의 '계룡백일주'(무형문화재)^{*1)}, 당진의 '면천두견주'^{*2)}, 아산
의 '연엽주'(무형문화재)^{*3)}, 청양의 '둔송구기주'(구기자)^{*4)}, 서천
의 '한산소곡주'(무형문화재)^{*5)}, 논산의 '능이'^{*6)}가 있다. 충북에는
진천의 '덕산약주', 충주의 '청명주'(무형문화재)^{*7)}, 청주의 '풍정사

계 춘하추동'*8), 보은의 '송절주', 제천의 '신선주'가 있다.

*1)조선조 궁중 술을 연안 이씨 가문에서 비법을 이어온 술이며, 증류한 계룡백
일주도 있음.

*2)찹쌀과 진달래 꽃잎으로 빚은 이양주이며, 기침을 완화하거나 억제하는 효
과가 있다고 함.

*3)아산시 외암마을의 예안 이씨 가문에서 비법을 이어온 술

*4)식품명인 임영순 여사가 쌀, 구기자, 감초, 두충껍질로 빚은 술

*5)우희열 명인이 빚는 백제의 술. 달달한 맛으로 계속 마시게 되어 일어나지
못한다고 해서 '앉은뱅이 술'이라는 별칭을 갖고 있음.

*6)능이버섯과 쌀로 빚은 술

*7)충주시 김해김씨 가문에서 비법을 이어온 술

*8)누룩으로는 밀과 녹두가 들어간 향온곡을 사용하며, '춘,하,추'는 약주로 100일
이상 숙성하며, '동'은 증류식 소주로 2년을 숙성함.

전북에는 김제의 '송죽오곡주'*1), 여산의 '호산춘(壺山春)'*2)(삼
양주), 부안의 '팔선주'(약용주)가 있고, 전남지역에는 순천의 '사삼
주(더덕술)', 담양의 '대통대잎술'과 '추성주'*3), 해남의 '진양주'(무
형문화재)*4), 함평의 '자희향 국화주(自喜香 菊花酒)'*5)가 있다.

*1)찹쌀, 오곡, 솔잎, 댓잎, 산수유, 오미자, 구기자, 국화로 빚는 황금색의 약
용주

*2)고려 시대부터 전해져온 삼양주로 조선의 3대 명주의 하나임.

*3)찹쌀, 멥쌀, 10가지 약재로 빚은 술

*4)조선조 궁중 술을 장흥 임씨 가문에서 비법을 이어온 술

*5)찹쌀, 멥쌀, 국화로 빚은 술

경북에는 경주의 '교동법주(국가무형문화재)'*1), '황금주'*2), 화
랑*3), 김천의 '과하주'*4)(강화 약주), 안동의 '송화주'(무형문화
재)*5)와 '진사가루술'*6), 문경의 '호산춘(湖山春)'(무형문화재)*7),
대구 달성의 '하향주'(무형문화재)*8)가 있다. 경남에는 밀양의 '방
문주'*9), 울산의 '옥삼주'(약용주)*10), 함양의 '솔송주'*11), 합천의
'고가송주'*12)(삼양주)가 있다. 제주에는 '오메기 맑은 술'(무형문화
재)*13)이 있고, 부산에는 사케 소믈리에였던 분이 빚는 '기다림 맑
은 술'이 있다.

*1)경주최씨 가문에서 3백여 년을 이어온 술

*2)찹쌀, 멥쌀, 들국화, 구기자로 빚은 술

*3)찹쌀, 밀로 만든 떡누룩, 정제 포도당, 효소제 등으로 빚은 술

*4)약주에 소주를 섞어 빚는 것으로 여름을 지나는 술이라는 뜻이며 경북의 무
형문화재임.

*5)안동의 전주유씨 무실파 정재종 댁에서 전승되어온 술

*6)찹쌀, 멥쌀, 청주, 마가루, 꿀, 엿기름으로 빚는 것이며, 묽은 죽 같아 물을
타서 마심.

*7)문경의 장수황씨 소윤공파 가문에서 전승되어 온 술

*8)대구시 달성군 밀양박씨 종갓집에서 전승되어온 술

*9)찹쌀로 빚은 밀양 교동 밀성손씨 가문에서 전승되어온 술

*10)찹쌀, 멥쌀로 빚은 후 당귀, 천궁 등 약재를 넣고 오랫동안 숙성시킨 술

*11)조선조 정여창 집안에서 전승되어온 술이며, 찹쌀, 송순, 솔잎으로 빚은 술

*12)찹쌀, 솔잎, 엿기름으로 빚은 술

*13)좁쌀의 제주도 방언인 오메기로 빚은 전통 약주

[꿀팁] HACCP(해썹)과 양조장

10여 년 전 필자는 충청북도에 있는 어느 양조장을 방문하였다. 양조장 내부 벽에 검은색 곰팡이 같은 것들이 잔뜩 붙어 있어 이유를 물어보니 돌아온 대답인즉 "단순히 해로운 곰팡이가 아니라 발효균이며 건물을 지은 지 80여 년이 지난 까닭에 저렇게 많이 생겼고 저희에게는 보물과 같은 존재입니다."라고 했다.

이 말에 이어진 설명은 "보통 알코올 도수가 12도가 되면 발효균의 활동성이 낮아지고, 20도가 되면 발효균이 사멸하게 되지만, 저 발효균들로 인해 저희 양조장의 발효균들은 내성이 생겨 활동성이 유지되어 새로 짓는 양조장에 비해 알코올 도수가 높은 술을 생산할 수 있습니다." 하는 것이었다.

몇 년 후 다시 그 양조장을 방문해 보니 그렇게 많던 곰팡이는 사라지고 흰색 페인트가 칠해져 있었다. 그 이유인즉 "정부가 의무적으로 적용하는 HACCP을 지키지 않으면 양조장을 닫을 수밖에 없어서 어쩔 수 없었다."라고 했다.

HACCP(위해요소관리)이란 식품의 안전성을 보증하기 위해 식품의 원재료 생산, 제조, 가공, 보존, 유통단계를 거쳐 소비자가 최종적으로 식품을 섭취하기 직전까지 각각의 단계에서 발생할 수 있는 모든 위험한 요소에 대하여 체계적으로 관리하는 과학적인 위생관리체계를 말하는데, 우리나라에서는 2002년부터 의무적으로 적용하기 시작하여 점차 확대하고 있다.

HACCP 제도가 소비자 보호를 위해 꼭 필요한 것은 사실이지만, 술과 같은 발효식품의 경우에는 발효라는 특성을 무시한 채 일률적으로 적용하면 역효과가 발생한다는 사실을 정책을 집행하는 사람들이 간과했던 것이다.

다시 말해서 양조장에 HACCP을 적용할 때는 발효실과 숙성실을 제외한 원료보관실, 포장실 등 나머지 공간에만 적용하는 것이 타당하다는 말이다. 아까운 전통양조장 하나(실제로는 무수히 많은)를 잃은 슬픔이 아직껏 가슴을 아리게 하고 있다.

증류식 소주

전통 증류식 소주는 반드시 밀로 만든 막누룩으로 탁주를 빚은 다음 증류한 술이어야 한다. 그러나 최근 나오기 시작한 증류식 소주 중에는 막누룩을 사용하는 경우보다 조효소 또는 입국을 사용하는 경우가 더 많다고 한다.

경기지역에는 김포의 '문배주'(국가무형문화재)[1], 파주의 '감홍로(甘紅露)'[2], 여주의 '화요'[3], 안성의 '정헌배 인삼주'[4], 평택의 '소호'[5]가 있다. 강원도에는 홍천의 '옥선주'[6], 원주의 '모월인'[7]이 있다.

[1)평양의 전통술이며 수수와 조만으로 빚는 것으로 문배(야생배)향이 남.

[2)평양의 전통술이며, 육당 최남선이 조선의 3대 명주의 하나로 꼽은 술

[3)광주요그룹에서 생산하는 술로 감압증류 방식을 사용함.

[4)인삼과 쌀, 누룩으로 빚은 후 증류한 술이며 '봉(鳳)'이라고 함.

[5)백미와 발아현미로 만든 원주를 상압식 증류기로 2-3차례 증류하며, 5년 숙성의 '소호56'과 3년 숙성의 '소호36.5'가 있음.

*6)옥수수 술을 증류한 후 당귀와 갈근을 3-4일 동안 담근 후 꺼내고 숙성한 술

*7)'모월 연'을 증류해 3개월 이상 숙성한 술(41도)이며, 25도인 '모월 로'도 있음.

충남에는 한산의 '불소곡주'(소곡주를 증류한 것)가 있고, 충북에는 보은의 '송로주'(송절주를 증류한 것), 옥천의 '한주(汗酒)'*1)가 있다. 전북에는 전주의 '이강주'*2)와 '송화백일주'*3), 정읍의 '죽력고'*4), 완주의 '송화백일주'*5)가 있고, 전남에는 담양의 '타미앙스'*6), 영광의 '법성포 토주'*7), 보성의 '강하주'*8), 진도의 '홍주'*9)가 있다.

*1)서울의 송절주 무형문화재 이성자씨가 송절주를 증류한 술

*2)증류식 소주에 배, 생강, 율금 등을 가미한 약소주(藥燒酒)로 조선의 3대 명주 중 하나임.

*3)찹쌀, 멥쌀, 송홧가루를 섞어 발효 증류시킨 후 솔잎, 산수유, 구기자 등 한약재와 꿀을 넣고 여과한 다음 100일 동안 저온 숙성시킨 술

*4)조선의 3대 명주 중 하나이며, 대나무의 진액과 한약재 등을 사용함.

*5)송홧가루와 다양한 약재를 혼합하여 100일간 발효 숙성시킨 후 증류한 술

*6)추성주를 2번 증류한 후 대나무 통에서 숙성한 것으로 '타미앙스'는 담양의 프랑스식 발음임.

*7)밀가루와 황곡 또는 이스트를 사용해 2차례 발효시킨 후 증류한 술

*8)밀누룩과 찐 보리밥으로 만든 누룩과 찹쌀로 발효시킨 후 증류한 술

*9)쌀과 지초를 이용한 증류주이며, 지초주라고도 함.

경북에는 안동의 '안동소주'*1), 영양의 '초화주'*2)가 있으며, 경남 및 부산에는 함양의 '솔송주 프리미엄'*3), 포항의 '불로주'*4),

부산의 '무술주'[5]가 있고, 제주에는 '고소리술'[6]이 있다. 그 외에도 경기 광주의 '남한산성소주'[7], 용인의 '미르40'[8], 강원 홍천의 무작(無作)'[9], 충북 충주의 '주향'시리즈[10], 제주의 '허벅술'[11]이 있다.

[1]안동소주는 조옥화(경북의 무형문화재) 여사, 박재서 명인 등이 제조함

[2]쌀, 꿀, 당귀 등 한약재를 사용함.

[3]'솔송주'를 증류한 것이며, 알코올 도수는 40도임.

[4]쌀로 빚은 순곡 증류주이며 예전에는 청송에서 생산하였으나 현재는 포항에서 생산함.

[5]누런 수캐를 고아 즙을 내어 빚은 동물성 약용주임.

[6]오메기술을 증류한 술

[7]쌀, 통밀, 엿으로 만든 막걸리를 증류한 술

[8]쌀을 발효시켜 청주를 빚고 6개월 숙성 후 상압식 증류한 술이며, 미르는 용(龍)의 순우리말이고, 알코올 도수가 23, 50, 54도 세 종류가 있다.

[9]홍천 쌀만 사용하며, 단식증류기로 2회 증류한 후 2년 이상 숙성한 술

[10]알코올 도수 25도인 '주향이오', 41도인 '주향담을', 55도인 '주향아라'가 있음.

[11]쌀, 현미, 보리를 발효 후 증류한 다음 오크통에서 3~5년 숙성한 술

기타

최근 우리나라에서도 포도를 비롯하여 다양한 과일을 이용한 와인 생산 바람이 일고 있다. 충북 영동에는 국내 와이너리 중 최초로 해썹(HACCP) 인증을 받은 '시나브로 와이너리', 포도·블루베리·사과 와인을 생산하는 '블루와인농원', 포도·사과 와인을 생산하는 '비

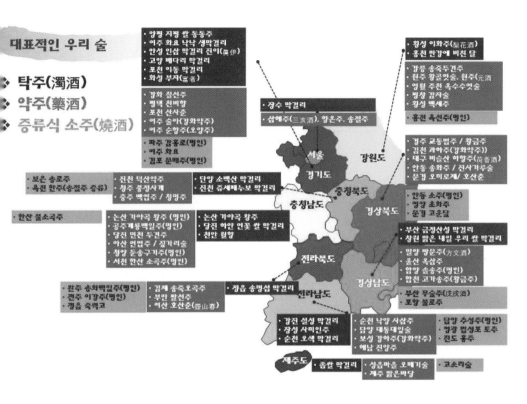

단숲 와이너리', 화이트와인으로 유명한 '여포 와이너리', 2020년 인터내셔널 와인 챌린지(IWC)에서 산머루로 만든 와인으로 동상을 받은 '산막 와이너리' 등 40여 개의 와이너리가 있다.

경기 파주에는 국내에서 머루 와인을 최초로 생산하기 시작한 '산머루 농원', 양평에는 꿀 와인(허니비와인)과 유자 와인을 생산하는 '아이비영농조합법인'이 있다. 강원도 영월에는 포도 '켐벨얼리' 품종만으로 레드와인을 생산하는 '예밀 와이너리', 삼척에는 산머루 와인인 '끌로너와'를 만드는 너와마을영농조합법인이 있다.

전북 무주에는 머루 와인업체가 가장 많이 있는데, '붉은 진주',

'샤또 무주', '구천동 머루 와인' 등이 있으며, 부안에는 오디로 만든 와인을 생산하는 '내변산 양조장'이 있다. 전남 담양에는 유기농 포도를 사용해 와인을 제조하는 '아침이슬 포도원'이 있다.

경북 상주에는 머루 와인과 머루와 포도(MBA라는 품종)를 섞어 만든 와인을 생산하는 '젤코바'가 있고, 김천에는 산머루 와인과 포도 와인을 빚는 '수도산 와이너리'가 있다. 문경에는 오미자로 '오미로제'라는 스파클링 와인과 이를 증류한 '고운달 백자'와 '고운달 오크'*라는 브랜디를 생산하는 '오미나라'가 있다.

*'고운달 백자'는 문경 도자기에서 숙성해 맑고 투명하며, '고운달 오크'는 오크 통에서 숙성해 황금색임.

충주에는 사과즙으로 사과 스파클링 와인 '댄싱 파파' 등을 빚는 '댄싱사이더'가 있고, 의성에는 사과 와인과 사과 탄산 와인을 빚는 '한국애플리즈'가 있다. 충남 예산에는 사과 와인과 이를 증류한 '추사'와 '추사백'을 빚는 '예산사과와인'이 있다. 경남 사천에는 참다래(키위)로 와인을 제조하는 '오름주가'가 있다. 제주에는 감귤과 꿀로 와인을 빚는 '제주허니와인', 커피 생두로 화이트와인을 만드는 '제주커피수목원'이 있다.

우리나라에서 개발한 포도 품종인 '청수'로 빚은 화이트와인이 최근 인기를 끌고 있는데, 대표적인 와이너리로는 경북 영천의 조흔, 씨엘, 고도리, 충북 영동의 시나브로, 경기 안산의 그랑꼬또 등이 있다. 서울 은평구에서는 황매실 100%로 만드는 증류주 '천매'*와 매실 증류 원액에 노간주나무 열매를 추가한 리큐르인 '서울의 밤'을 생산하는 '더한주류'가 있다.

*7월에 수확하는 황매를 5년 이상 숙성시킨 매실청, 꿀, 알코올 도수 40도의 황매실주를 블렌딩하여 만든 술.

    젊은 층의 취향을 겨냥한 술도 개발되고 있다. 서울의 장수막걸리에서는 막걸리에 파인애플과 카카오닙스를 첨가한 '드슈'와 '막카오', 경기도의 양주도가는 막걸리에 오디와 탄산을 추가한 '별산 오디 스파클링 막걸리'를 생산하고 있다.

    경북의 문경주조는 막걸리에 스파클링 와인을 섞은 '오희'와 막걸리에 홉을 추가해서 맥주 같은 막걸리인 '폭스앤홉스'를 판매하고 있다. 배상면주가는 연갈색 병에 알코올 도수 13.5도의 '민들레대포', 백제명주에서는 사과 발효즙과 증류주를 조합한 브랜디인 '소서노의 꿈', 보해양조는 소주에 콜드브루 커피 원액을 첨가한 '딸꾹다방', 국순당은 생쌀과 로스팅 원두 파우더를 함께 발효시킨 '막걸리카노'를 출시하였다.

    국내산 보리와 홉을 사용하는 수제 맥주도 등장하고 있다. 전북 고창의 농업회사법인 '파머스 맥주'는 국산 2줄 보리인 '광맥'과 국산 쌀을 사용한 라거 계열의 '파머스 드라이'를 판매하고 있다. 경남 산청의 '산청 맥주'와 제주의 '제스피맥주협동조합' 역시 국산 보리를 사용하고 있다. 충북 제천의 '뱅크크릭브루잉'은 펠릿 또는 추출물 형태의 외국산 홉 대신 지역에서 계약 재배한 홉을 건조한 홀홉(Whole Hop)을 사용해 '솔티 코리안 에일'과 '솔티 인디안 페일에일'을 생산하고 있다. 강원 속초의 '크래프트루트'와 경기 남양주의 '핸드앤몰트'는 직접 재배한 홉을 사용하고 있다.

[꿀팁] 홉이 없는 수제 맥주 개발*

*동아일보, 2018. 3. 22 기사에서 발췌

최근 미국 캘리포니아 버클리(UC Berkeley) 대학의 화학생체분자공학과 교수팀은 홉 없이 맥주 특유의 향과 맛을 내는 방법의 개발에 성공했다. 맥주 효모 스스로 홉의 향과 맛을 내도록 맥주 효모의 유전자(DNA) 일부를 잘라내고, 이를 민트와 바질의 유전자에서 특유의 향을 내는 부분으로 대체하는 방식이다.

이렇게 만든 맥주는 홉을 넣은 맥주보다 맛이 더 좋다는 평가를 받았다고 하며, 맥주 제조가 끝난 후 맥주 효모는 제거되므로 유전자 변형(GMO) 식품으로 분류되지 않는다고 한다. 향후 맛과 향을 스스로 만드는 다양한 맥주 효모가 개발될 경우, 홉 재배에 필요한 물과 에너지 등을 줄여줌은 물론 맥주 가격이 더욱 낮아져 맥주 천국이 될 것 같다.

최근에는 일정한 금액을 내면 업체가 추천하는 전통주를 매달 배송해주는 '전통주 정기구독 서비스'가 젊은 세대에게 인기를 끌고 있다. 이는 전국적인 홍보를 통해 새로운 수요층을 확대할 수 있으므로 전통주 제조업체도 이를 반기고 있다.

가양주의 전통도 서서히 되살아나고 있는데, 담금주가 주로 건강을 위한 중·노년층의 기존 수요를 넘어 최근에는 맛과 향은 물론 시각적 아름다움을 추구하는 젊은 세대로까지 확대되고 있다. 특히 소비자들의 편의를 위해 술병에 다양한 약초, 말린 과일, 국화를 비롯한 식용 꽃 등을 담은 '담금주 키트'를 판매하는 업체가 늘고 있는데, '살롯', '월하주향', '묘약', '꿈에 그린 농장' 등이 있다.

최근에는 전통주를 이용한 칵테일도 늘어나고 있다. 상황버섯주에 꿀, 그라나딘 시럽, 블루큐라소, 사이다를 섞은 '황진이', 백세주에 사과주스, 유자청, 꿀, 사이다를 섞은 '허준', 인삼주에 블루큐라소, 사과와 레몬주스를 넣은 '장보고', 오미자주 또는 복분자주에 레몬주스, 소금을 섞은 '논개', 막걸리에 탄산수, 오렌지·망고·라임주스를 넣은 '신윤복', 매실주에 상황버섯주, 탄산수, 라임주스, 미도리를 섞은 '신사임당' 등이 있다.

또한 전통 소주를 바탕 술로 한 칵테일도 등장하고 있는데, '백의민족', '고소리콕', '풍류랑' 등이 있다.

[꿀팁] 국산 위스키가 없는 이유와 가짜 위스키 판별법

산토리(Suntory), 닛카(Nikka) 등으로 대표되는 일본의 위스키 자급률은 70% 수준에 이르고, 대만에서도 싱글몰트 위스키 '카발란(Kavalan)'이 2006년부터 생산되고 있다.

우리나라 최초의 위스키는 희석식 소주의 원료인 주정(酒精)에 수입한 몰트위스키 원주 25~30% 정도를 혼합한 것으로, 백화양조(주)*가 1975년에 출시한 '조지 드레이크'라고 할 수 있고, 1982년에는 '베리나인'이 출시되었다.

*1945년 조선양조로 출발하여 1967년 백화양조로 상호를 변경하였고, 1985년 두산그룹에서 인수한 후, 2009년에 롯데주류로 편입되었음.

1986년 3년 이상 오크통 숙성이 가능해지면서 1987년부터 국산 위스키 원주와 수입 위스키 원주를 블렌딩한 'Diplomat', 'Dark Horse', 'Valley 9 Gold' 등이 연속적으로 선보였다. 하지만 국산 위스키 원주는 생산기술, 오크통 문제 등으로 생산이 중단되었다. 따라서 현재 우리는 진정한 의미의 국산 위스키를 갖지 못한 상태다.

우리나라에도 위스키 공장이 있긴 하지만 위스키 원액을 영국으로부터 수입해 병입(瓶入)만 하여 판매하는 것이다. 이마저도 점차 줄고 있는데, 이는 외국산 완제품을 수입하는 것이, 우리의 종가세 체계에서는, 세금 부담이 작기 때문이다. 그러함에도 국내에 공장이 존속하는 이유는 군납용 주류는 반드시 국내에서 생산해야 한다는 규정 때문이다.

위스키의 진짜 여부 판별을 위해서는 위스키와 물을 1:1로 섞은 후 향을 맡으면 간단하게 판별할 수 있다. 가짜 위스키는 역한 알코올 냄새만 나는 반면, 고급 위스키에서는 수십 년간 오크통에서 배어 나온 향기를 느낄 수 있다.

우리 술 살리는 길

　필자는 '전통주' 또는 '민속주'보다는 '우리 술'이라는 말을 선호한다. 술을 빚는 기술은 끊임없이 발전하므로 전통적인 제조방식을 유지해야 한다는 '전통주' 또는 식생활 방식 역시 세대의 특성에 따라 변화하게 마련인데 우리 민족의 식생활 방식이 스며있는 술임을 강조하는 '민속주', 두 가지 단어 모두 다소 낡고 구태의연한 표현인 것 같다.

　세계 각국은 자국의 땅에서 생산되는 농산물로 새로운 기술을 적용해 술을 빚어 왔고, 바로 그 술을 지금껏 아끼고 있다. 따라서 전통적이냐, 아니면 현대적이냐에 관계없이, '우리 술'을 이 땅에서 재배한 농산물로만 빚는 협의의 개념에 국한하는 것은 현실성 또는 효율성 측면에서 문제가 있을 수 있다.

　따라서 필자는 '우리 술'을, 주로 이 땅에서 생산한 농산물로 우리나라에서 만든 술이라는 다소 광의의 개념으로 정의하는 것이 바람직하다고 생각한다. 물론 '우리 술'을 혹자는 '한류', '한식'이라는 개념의 선상에서 '우리 술'보다 '한주(韓酒)'라고 부르기도 하는데, 우리말과 한자의 차이일 뿐 두 가지 모두 괜찮은 것 같다.

　여기서 '우리 술'의 현주소를 알아보자.

우리나라의 전체 술 시장에서 유통되는 술 종류별 구성과 '우리 술'의 현주소를 관세청 자료를 참고해 개략적으로 살펴보기로 한다.

국내의 술 시장 규모는 2019년 출고금액 기준으로 9조 393억 원 수준이며, 이 중 맥주가 3조 8,591억 원, 희석식 소주가 3조 6,183억 원으로 두 가지 술이 전체의 82.7%를 차지하고 있으며 탁주·약주·청주의 비중은 7% 수준이다.

민속주(119억 9,900만 원)와 지역 특산주(335억 7,400만 원) 등 전통주는 전체 술 시장의 0.5%에 불과하며, 나머지 9.8%는 외국산 술인 위스키, 와인 등이 차지하고 있다.

실제로 '우리 술'의 비중은 탁주, 약주, 청주 중 국내산 쌀을 사용하는 것과 전통주를 합친 것이므로 약 4~5% 수준에 불과한 실정이다. 특히 주목할 만한 점은 '노재팬운동'이 시작되기 전인 2017년 우리가 원조라고 할 수 있는 일본 사케 수입량이 7만 1,401톤(2018년 수입액은 272억 원)에 이르렀다는 점이다. 또한 국내에서 소비되는 소주의 99.95%는 희석식 소주이며 증류식 소주는 0.05에 불과하지만, 일본의 경우에는 증류식 소주(본격 소주)가 전체 소주 소비량의 53.2%를 차지하고 있다.

조선 시대까지 화려했던 '우리 술'을 완벽하게 되살리는 일은 불가능할 뿐만 아니라, 그럴 필요까지는 없다고 생각한다.

하지만 '수입 술의 천국'이라는 오명을 들을 정도로 왜곡된 우리나라의 술 시장을 다소나마 바로 잡기 위해 서둘러야 할 과제 몇 가지를 살펴보자.

모든 주세(酒稅)의 종량세 전환과 '우리 술'에 대한 '고도주 고세율 원칙'의 예외 적용

종량세(從量稅)와 종가세(從價稅)로 구분할 수 있는 주세 체계와 주세율의 변화는 일차적으로 주당들의 지갑에 영향을 주고, 술 종류별 생산업체 간 희비를 초래하며, 나아가 우리 술 산업의 경쟁력에 영향을 주게 된다.

우리의 주세 체계는 1949년 종량세로 출발하였고, 1954년 종가세를 도입하여 종량세와 병행하다가, 1961년 종량세로 다시 환원하였다. 1968년에는 희석식 소주의 원료인 주정과 탁주·약주는 종량세, 나머지는 종가세를 적용하는 방식으로 변경하였고, 1972년에는 주정에만 종량세를 적용하고 나머지는 종가세 체계로 전환하였다. 근 50년 만인 2020년 1월부터 주정 이외에 맥주와 탁주도 종량세 대상으로 추가시켰다.

그렇다면 종량세와 종가세의 차이는 무엇인가.

종가세는 술의 제조원가, 판매 및 배송비, 홍보비, 이윤을 합친 출고가격에 부과하는 세금이고, 종량세(從量稅)는 술의 용량이나 알코올 농도에 대해서만 부과하는 세금이다. 종량세와는 달리 종가세 체계에서는 좋은 원료를 사용해 오래 숙성한 후 비싼 병에 담으면 부과되는 세금이 엄청나게 커지게 되어 소비자의 접근이 어려워질 수밖에 없다.

또한 종가세 체계에서는 수입 술과 비교해 국산 술은 역차별이 되는 기현상이 발생한다. 수입 술은 국내에 들어온 후 홍보, 판매 및 배송 활동을 하지만 과세 표준은 수입할 때의 신고가격이기 때문이다. 또한 종가세 체계에서 소규모 전통주 업체는 국내 및 외국의 대형 업체와 비교할 때 주세 행정에 소모되는 인력이 상대적으로 커서 생산비가 올라가는 문제도 발생한다.

한편 종가세는 소득수준이나 물가가 오르는 경우 술 가격이 올라가 자연적으로 정부의 주세 수입이 늘어나게 된다.

물론 종량세도 조정을 통해 조세 수입을 증가시킬 수 있지만, 매년 조정하는 것은 다소 어려움이 있어 정부의 재정부서는 종가세를 선호하게 마련이다.

한마디로 종가세 체계는 술을 조세의 원천으로 보는 후진적인 제도이며, 종량세 체계는 술을 국민의 복리후생 관점에서 보며, 건전한 음주문화 정착을 위한 선진적인 제도라고 할 수 있다. 선진국 클럽인 경제협력개발기구(OECD)의 35개 회원국 중 30개국이 종량세 체계이며, 일본은 1989년 종량세로 전환했다.

세계적으로 주세에 대한 일반적인 기준은 알코올 도수가 높을수록 세금을 높게 부과하는 '고도주 고세율 원칙'이다. 하지만 거의 모든 나라는 자국의 농산물로 만든 대표적인 술에 대해서는 세계무역기구(WTO)의 예외 규정인 '국가의 고유한 전통 유지' 조항을 원용해 '고도주 고세율 원칙'을 따르지 않고 낮은 세금을 부과한다.

영국의 경우에는 스카치위스키와 와인, 독일의 경우에는 맥주, 프랑스의 경우에는 와인, 일본의 경우에는 사케와 증류식 소주 등에 대해 예외를 적용하고 있다. 종량세 체계 도입과 자국의 대표적인 술에 대한 '고도주 고세율 원칙'의 예외 적용을 통해 앞서 언급한 나라의 술은 세계적인 술로 도약할 수 있었던 것이다.

그렇다면 우리나라의 상황은 어떠한가.

2021년 3월 기준 우리의 주종별 주세는 종량세 대상인 주정은 알코올분 95도 기준으로 57,000원/kl, 맥주는 830,300원/kl, 생맥주는 2022년까지 한시적으로 664,200원/kl, 막걸리는 41,700원/kl이다. 종가세 대상인 과실주, 약주, 청주는 출고가격의 30%, 희석식 소주, 위스키, 브랜디, 일반증류주, 리큐르는 출고가격의 72%, 전통주는 주종별로 부여된 주세의 50% 감면, 수제 맥주는 출고 수량 당 20~60% 과세 표준 경감 등으로 되어 있다.

술 종류별 알코올 도수를 대충 알고 있는 독자라면 이 같은 우리의 주세 체계와 주세율이 합리적이라고 말할 수 있는 사람이 얼마나 될까? 특히 알코올 도수가 40도 수준인 위스키, 브랜디, 일반증류주 등에 대한 주세율이 알코올 도수가 20도 이하로 낮아지고 있는 희석식 소주에 대한 주세율과 같다는 점은 이해하기 어렵다.

특히 전통주를 제외한 '우리 술'에 대한 세제 혜택은 전혀 없는 실정이다.

이상과 같은 이유로 우리나라의 술 시장은 고가(高價) 시장은 위스키, 브랜디, 와인 등 외국산 술이 차지하고, 저가(低價) 시장은 수입 원료를 주로 사용하는 희석식 소주와 맥주가 점유하며, 우리의 식문화에 맞는 '우리 술'은 겨우 명맥만 유지하고 있는, 극히 왜곡된 구조이다. 하루빨리 선진국과 마찬가지로 모든 술에 대해 술의 용량과 알코올 도수에 따라 세금을 부과하는 종량세 체계 도입과 '우리 술'에 대한 '고도주 고세율 원칙'의 예외 적용 확대를 통해 외국산 술에 맞설 수 있는 고품질 술 개발을 유도해야 한다.

다만 희석식 소주와 맥주는 주로 수입 원료로 만든 술이지만, 국내에서 제조하고 있을 뿐만 아니라 현재까지는 서민들이 가장 즐겨찾는 대중주로 자리매김하고 있으므로 외국산 술과 '우리 술' 중간 정도의 대접을 해주는 것이 바람직할 것이다.

지방세(地方稅)로의 전환과 특정 지역 술에 대한 세금의 지역 환원

현재 주세는 국세(國稅)로 되어 있다. 과거 우리의 경제규모가 작았을 때는 주세가 국가의 재정 확보에 크게 도움이 되었던 것은 사실이다. 하지만 우리 경제가 크게 성장하면서 현재 내국세(內國稅) 총액에서 주세가 차지하는 비중은 2%도 되지 않는 수준이다.

수도권 중심에서 벗어나 지방의 자치능력과 경쟁력을 제고시켜야 한다는 이른바 지방화시대에 걸맞게 국세인 주세를 지방세로 전환하는 과감한 결단이 요청된다. 동시에 특정 지역에서 생산된 술에 대한 세금을 해당 지자체로 돌려주는 체계를 마련해야 한다.

일각에서는 국세 수입이 줄어들어 중앙 정부의 재정 운용에 차질이 빚어질 것이라고 우려할 수도 있지만, 이는 앞날에 대해 멀리 길게 보지 못하는 단견(短見)이라 생각된다.

지방세로의 전환과 지역으로의 환원 체계가 갖추어질 경우, 각급 지방자치단체는 해당 지역의 '우리 술' 산업 육성에 적극적으로 나서게 될 것이다. 이를 통해 지방자치단체의 세수가 확충되면서 지역 단위의 각종 투자 사업이 활성화됨은 물론 중앙 정부의 지방에 대한 교부금은 줄어들 수 있기 때문이다.

소규모 양조업체의 부담 경감

최근 전통주와 수제 맥주에 대한 관심이 빠른 속도로 확대되면서 이를 제조하는 소규모업체가 증가하고 있다. 물론 우리 정부도 탁주, 약주, 과실주, 수제 맥주 등에 대해 낮은 세율을 부과하고는 있으나, 선진국의 경우처럼 같은 주종이라 할지라도 생산 규모에 따라 세율을 차등 적용하는 배려는 극히 미흡한 실정이다.

또한 '주류 면허 등에 관한 법률'에서는 모든 주종별로 주류 제조업체의 시설기준을 정하고 있다. 예를 들어 탁주와 약주의 경우 발효조의 총용량은 3kl 이상, 제성조의 총용량은 2kl 이상, 시험시설 중에서 간이 증류기는 1대, 발효실의 면적은 10m² 이상 등이며, 수제 맥주의 경우에는 발효 및 저장조는 5kl 이상 120kl 미만, 시험시설 중의 간이 증류기 1대 등이다.

정부는 영세업체의 지나친 난립을 예방하기 위해 시설기준이 필요하다는 논리를 앞세우고 있으나, 시설기준은 획일적으로 일정한 시설을 갖추게 하는 것이므로 시설의 낭비를 초래할 수도 있을 뿐만 아니라 생산시설을 효율적으로 사용하는 제조업자에게는 큰 부담이 된다.

술 산업의 선진국 중 시설기준을 강제하는 나라는 없고, 낮은 수준의 최저생산량만 규제하고 있다. 영세업체의 난립을 방지하기 위해서는 시설기준보다는 최저생산량을 제한하는 것이 더 낫다는 점을 인식할 필요가 있다.

또한 정부가 보유하고 있는 양곡 중에서 식용으로는 부적합한 4년 정도 된 고미(古米)를 주정 제조업체보다는 약주 및 탁주 제조업체에 우선 공급하는 것도 큰 도움이 될 것이다. 독일의 경우 전국에 3만 개가 넘는 소형 증류기를 보급해 상품성이 낮아 판매가 어려운 사과와 감자를 1차 증류하게 한 후 이를 연방정부가 구매해 2차 증류한 다음 술 제조업체와 바이오 에너지업체에 판매하고 있다. 우리도 이상기후 등으로 상품성이 낮아진 과일류, 과잉 생산된 곡류 등을 독일과 같은 방식으로 처리하는 방안을 마련해야 한다.

주세법상 '청주'와 '약주'의 정의 변경

원래 청주(淸酒)는 우리나라의 술 중 맑게 걸러낸 술을 지칭한다. 조선조 중기 이후 약주와 혼용되어 사용되다가 일제강점기에 들어와 일본의 사케를 청주라 하고, 우리의 맑은 술을 약주라고 칭하게 되었는데, 이는 주객이 전도된 것이다.

사실 우리의 청주는 전통 누룩을 사용한 것이지만, 일본식 청주인 사케는 흩임누룩을 사용한 것으로서 맑다는 점이 같을 뿐 전혀 다른 술이다. 해방 이후에도 일제의 잔재를 청산하지 못하고 잘못된 명칭을 수정하지 않은 채 현재의 주세법에서도 이를 답습하고 있다. 더욱이 주세법상 청주인 일본의 사케는 주세법상 약주인 우리의 청주에는 없는 교육세 면제 혜택까지 받는 실정이다.

현재의 주세법에서 약주로 분류된 술에는 약재가 들어간 술(약용주)과 약재가 들어가지 않은 맑은 술(청주)이 뒤섞여 있다. 더 늦기 전에 잘못되어 있는 술에 대한 정의를 바로잡고 우리 술인 청주를 되찾아야 한다. 우리나라와 일본이 세계시장에서 '쌀로 만든 와인'인 청주를 놓고 경쟁하게 될 때 차별화를 위해서도 반드시 바로잡아야 한다.

전통 누룩을 사용한 맑은 술은 '청주'라고 하며, 이 중 약재가 들어간 것은 '약주' 또는 '약용주'라 하고, 일본식 청주는 '사케'라 부르면 된다.

술 전용 쌀 품종의 보급

'설갱벼'라는 국내 쌀 품종이 백세주 제조에 사용되고는 있지만,

우리나라에는 일본의 주조호적미와 같은 양조용 쌀 품종이 없다고 해도 과언이 아니다. 일본의 고급 사케는 밥쌀용 쌀을 사용하지 않고 주조호적미(酒造好適米)라는 사케 전용 쌀을 사용한다.

왕겨를 벗겨낸 백미의 바깥 부분에는 단백질과 지방 성분이 많고 속으로 들어갈수록 전분질이 많아지며, 가장 중심부는 하얀색의 전분만으로 이루어진 심백(心白)이 있다. 백미의 단백질과 지방 성분이 많은 부분을 함께 발효시키면 숙취 물질이 많이 발생하므로 고급 사케는 이 부분을 깎아낸 다음 사용하는데*, 주조호적미는 심백 부분이 크고, 전분질 외에 다른 영양분이 적은 품종이다.

*쌀을 깎아낸 정도를 정미보합(精米步合)이라 하며 정미보합 70%란 쌀알을 30% 깎아낸 것임.

주조호적미의 품종은 '야마다니시키(山田錦)'가 가장 유명하고, 다음으로 '고햐쿠만고쿠(五百万石)', '미야마니시키(美山錦)', '고시탄레' 등이 있다. 특허 기간이 만료된 주조호적미의 품종 도입과 함께 우리나라 지역별 특성에 적합한 양조용 쌀 품종의 개발과 보급을 통해 '우리 술'의 품질향상에 나서야 한다.

[꿀팁] 무산된 주조호적미의 국내 재배

2011년 3월 11일 일본 동북부 지방의 대규모 지진과 이로 인한 쓰나미로 후쿠시마 원자력발전소 방사능 유출 사고가 발생했다. 일본의 주조호적미 생산 차질을 예상한 필자는 사비를 들여 '야마다니시키' 등 주조호적미의 2개 품종을 소량 수입하였다.

일본의 주조호적미 품종특허 기간이 만료되었으므로 이를 국내에

40~50%를 깎은 주조호적미 '야마다니시키'

서 재배하거나 '사케'로 가공하여 일본에 역수출하면 국내 쌀 생산 농가의 소득향상에 도움이 될 것으로 생각하였다. 특히 사케 전용 품종은 밥쌀용 품종보다 가격이 비쌀 뿐만 아니라, 해발 200m 이상의 곡간답(谷間畓: 계곡 논)에서만 제대로 생산이 가능하므로, 상대적으로 평야 지대보다 경쟁력이 낮은 산촌 지역에 도움이 될 것으로 판단하였다.

그래서 경기도 양평군, 전북 무주군, 충남 부여군, 전북 순창군 등 4곳에 종자를 무상으로 제공하여 시험 재배하도록 하였고, 시험 재배에 성공하면 지방자치단체가 판단하여 지자체 사업으로 지역 농민에게 권장 보급하도록 할 계획이었다.

이 가운데 3개 지역은 늦은 파종 시기, 잘못된 종자 소독 등으로 재배에 실패하였으나, 순창군에서의 재배는 성공적이었다. 하지만 이곳마저도 사케 전용 품종의 도정 기술 미비, 후속 작업의 지연 등으로 잠시나마 꿈에 부풀었던 계획이 수포가 되고 말았다.

과수 재배 방식의 개선과 차별화된 와인 생산

앞서 언급했듯이 최근 국내에서도 포도, 산머루, 사과, 감귤, 매실, 오디, 복분자 등으로 빚는 와인이 빠르게 증가하고 있지만, 외국산 와인에 맞서기에는 역부족인 상태다. 한때 인기를 끌었던 복분자 와인 역시 풀이 죽어 있는 상황이다.

일반적으로 알코올 도수 13도 정도의 와인을 빚기 위해서는 과일의 당도가 26도(Brix)가 되어야 한다. 우리나라의 경우 여름철에 비가 집중적으로 내리기 때문에 일반적인 재배방식으로는 과일의 당도가 낮아져서 제조업체는 발효를 시킬 경우 부득이 과당(果糖) 등을 첨가해야 한다. 이런 방식은 정통 와인으로 취급받지 못하게 할 뿐만 아니라, 세계시장에 명함도 내밀기 어렵게 만든다.

하지만 불리한 기후조건을 극복해 유명한 와인을 생산하는 나라들도 있다. 필자가 독일이 자랑하는 화이트와인 '리스링(Riesling) 와인' 조사를 위해 포도 재배지역을 방문한 적이 있었다. 독일에 부족한 일조량을 만회하고, 반면 여름철 많은 비가 포도나무 뿌리로 스며들지 않도록 포도원이 라인 강의 양편 경사지에 계단식으로 조성되어 있었다. 특히 토양에 함유된 미네랄 성분을 보충해 주기 위해 얇게 손바닥 크기로 자른 돌들을 포도밭의 바닥에 빽빽하게 깔아 놓은 것을 보면서 감탄사가 절로 나왔다.

세계 와인 경연대회에서 금상을 차지했다는 일본의 한 포도원에서는 여름철 지나치게 많은 강우량과 토양 문제를 해결하기 위해 포도나무 위에는 비 가림 시설을 하고, 포도나무를 큰 포트에 심은 다음 포트 위를 비닐로 덮은 상태에서 점적 관수(灌水)*를 하고 있음을 확인한 적이 있다.

*플라스틱 튜브에 일정 간격으로 구멍을 내서 그곳에서 물방울을 똑똑 떨어지게 하는 방식

포트를 이용한 재배는 특정 지역의 토양이 특정 품종의 포도 재배에 적합하지 않을 때 토양개량이 편리한 장점도 있다. 포트는 10년 동안 사용이 가능하며 처음에는 알칼리성 토양에서 시작하는 것이 좋다고 한다.

다른 나라에서 사용하는 방식 중 우리나라의 지역별 특성에 적합한 방식을 적극적으로 도입하기 위한 노력이 절실하다.

와인은 양조주이므로 발효가 계속되면 결국 부패하게 된다. 이를 제어하기 위해 산화방지제인 아황산염(SO_2: Sulphur Dioxide)을 발효 전후의 포도즙에 뿌린다. 아황산염을 사용하지 않고 와인을 제조하는 방법이 일본에서 개발되었는데, 이처럼 아황산염을 사용하지 않아 건강에 좋은 와인을 '무첨가 와인'이라고 한다. 흠이 있는 포도는 무첨가 와인의 원료가 될 수 없으며, 수확한 포도는 최대한 빨리 처리해서 와인 제조 공정으로 들어가야 한다.

산화방지제를 첨가하지 않을 경우, 특히 산화가 잘 되는 품종인 '나이아가라'나 '콩코드'의 경우 보통 유효기간이 1년으로 제한되지만, 산화가 잘 되지 않는 품종인 '메를로'의 경우 유효기간이 2~3

우리나라의 포도나무 재배 방식(왼쪽)과 유럽형 재배 방식(오른쪽)'

포도나무의 포트 재배 방식

년으로 긴 편이다.

단맛이 강한 와인의 대표 선수는 아이스 와인*과 귀부(貴腐; 귀하게 부패한) 와인이라고 할 수 있는데, 귀부 와인**은 회색 곰팡이에 의해 발생하는 포도의 귀부병(Noble Rot) 덕분에 생긴 것이다.

*아이스 와인은 가을철에 포도를 수확하지 않고 혹한의 겨울 날

일본에서 시판되고 있는 무첨가 와인

씨에 방치하면 포도 알이 얼었다 녹았다 반복하면서 포도의 수분이 증발하여 높은 당도의 포도가 되고 이를 발효하면 아주 달콤한 와인이 됨. 이를 자연(natural) 아이스 와인이라고 함. 우리나라와 같이 겨울철 기온이 심하게 낮지 않아 자연 상태를 이용하기 힘든 지역에서는 수확한 포도를 냉동 창고에서 얼렸다 녹였다 반복하는 방식을 사용하는데 이를 인공(artificial) 아이스 와인이라고 함.

**귀부 와인의 발상지는 헝가리의 토카이 지방이며, '토카이 아수(Tokaji Aszu)', 프랑스 소테른 지역의 '샤토 디켐', 독일의 '트로켄베렌아우슬라제'가 세계 3대 귀부 와인으로 불림.

귀부병이 발생하면 일반적으로 포도원을 황폐하게 하지만, 특정한 포도 품종이 완숙된 시기에 최적 온도와 습도가 형성되면서 귀부병에 걸리면 포도의 당도(brix)는 상상할 수 없을 만큼 올라가게 된다. 포도송이 중에서 부분적으로 곰팡이가 발생하지 않은 포도는 제거한 후 와인 원료로 이용하면 최상급의 스위트 와인이 된다.

귀부 포도 곰팡이는 와인 전용 포도 품종에 잘 발생하며, 와인 전용 품종 중에서도 메를로와 같은 검은색 계열의 포도보다는 청포도 계열의 포도에 잘 발생한다고 한다.

예를 들어 와인 전용 품종인 까베르네 쇼비뇽에 회색 곰팡이가 발생하면 포도의 당도가 최고 50브릭스(brix)까지 올라가고 이를 발효시키면 알코올 도수 25도의 스위트 와인이 탄생하는 것이다.

포도송이에 회색 곰팡이가 발생한 모습

일본 나가노현의 '고이치 와인'에서 생산하는 귀부와인

맥주 원료의 국산화 촉진

맥주는 맥아(Malt), 홉(Hof), 맥주 효모, 물로 만드는데, 약간의 쌀이 포함되기도 한다. 맥아는 보리의 싹을 틔워 말린 것으로 우리나라에서 식혜를 만들 때 사용하는 엿기름이라고 부르는 것이다.

보리는 이삭이 6줄인 식용 보리와 2줄인 양조용 보리가 있는데, 맥아를 만들 때 주로 사용하는 것은 녹말 성분이 많고 단백질은 적으며 껍질이 얇아 발아력이 왕성한 2줄 보리다.

다년생 넝쿨 식물인 홉의 암그루에 생기는 '홉송이'를 맥주 제조에 사용하는데, 맥주에 특유의 쓴맛과 향기, 거품을 제공하며, 항균 효과가 있어 맥주의 변질을 지연시키는 기능을 한다. 맥주를 마실 때 잦은 소변은 홉의 이뇨 작용 때문이다. 홉은 우리나라의 대관령 지역과 같이 냉랭한 지역에서 잘 자란다.

2줄 보리, 홉, 쌀은 국내 생산이 가능함에도 거의 대부분을 수입에 의존하고 있다. 특히 외국산 홉은 펠릿 또는 추출물 형태이므로 건조한 홀 홉(Whole Hop)에 비해 향미가 떨어지게 마련이다. 최근 이런 문제를 인식한 몇몇 수제 맥주 업체가 홉과 2줄 보리를 직접 재배하는 다소 번거로운 일에 나서고 있다.

한편 예전에는 논에서 쌀을 수확한 다음 식용 보리를 많이 재배했으나 현재는 보리의 경제성이 낮아 우리 농업인은 보리 재배를 기피하고 있다. 농업인에게는 새로운 소득 기회를 제공하고, 수제 맥주 업체는 손쉽게 국산 원료를 확보할 수 있도록 2줄 보리와 홉에 대한 정부의 수매정책 또는 농협의 계약재배를 적극적으로 도입해야 한다. 최근 오비맥주에서 국산 쌀을 사용한 맥주인 '한맥'을 시판하기 시작한 것 또한 청신호라 생각된다.

장인(匠人)에 대한 예우

원료의 선택, 발효, 증류, 숙성과정 등을 거쳐 완성되는 술은 각 단계에서 장인들의 경험과 노하우 등 세심한 손길이 필요하다. 술 선진국은 모두 술 제조에 관여하는 전문 인력을 오랜 기간에 걸쳐 교육·실습 등을 통해 양성한 후 이들 중 뛰어난 인재를 장인으로 모시고 특별대우하고 있다.

영국의 '마스터 블렌더' 또는 '위스키 메이커', '쿠퍼'*, 독일의 '맥주 마이스터', 일본의 '두씨(杜氏:토우지)'** 등을 들 수 있다.

*수입 또는 오래된 오크통의 조각들을 수리해 새로운 오크통을 재탄생시키는 작업을 하는 사람들을 쿠퍼(Cooper)라고 함. 이들은 손상된 조각들을 수리하고, 조각들을 맞추어 술이 한 방울도 새지 않게 재조립한 후 오크통 내부를 불로 그을리는 작업까지를 담당하는 섬세한 솜씨를 가진 장인들임.

**청주를 빚는 우두머리 기술자를 '두씨'라 하는데 이들에 대해서는 엄청난 대우를 하고 있다.

우리나라에도 '식품 명인', '국가 및 지방 무형문화재'라는 제도가 있으나 이들에 대한 예우는 외국과 비교할 때 부끄럽기 짝이 없을 정도다. 우리 술의 품질을 더한층 제고시킴은 물론 세계시장 진출을 뒷받침하기 위해 이들을 진심으로 존경하는 사회적 분위기 조성과 함께 파격적으로 예우하는 방안의 마련이 요청된다.

[꿀팁] 위스키의 지휘자 '마스터 블렌더'

위스키를 음악에 비유하면 싱글몰트 위스키는 솔리스트, 블렌디드 위스키는 심포니에 해당한다. '마스터 블렌더'란 솔리스트를 선정하고, 심포니를 위한 악보를 만들며, 오케스트라의 지휘까지를 책임지는 사람이다. 다만 음악의 악보는 일반에게 공개되지만, 블렌딩 방법은 1급 비밀이라는 점이 다르다.

개별 위스키 회사에는 엄청난 대우를 받는 단 한 사람의 '마스터 블렌더'만 있고, 종신직인 그를 보좌하고 대를 잇기 위해 젊은 보조 블렌더 한 사람을 곁에 둘 수 있다고 한다.

'마스터 블렌더'는 몸 상태가 좋은 오전에 약 300~400 종류의 위스키를 혀가 아닌 코로 테스팅(노이징)하며, 블렌딩에 적합한 오크통과 타이밍까지 결정한다고 한다.

'마스터 블렌더'는 천부적인 후각을 가지고 있어 약 3,000~4,000가지 향을 판별할 수 있다고 한다. 이 같은 후각을 유지하기 위해 '마스터 블렌더'는 향수, 담배, 자극적인 음식을 피해야 함은 물론 술을 멋대로 마시는 것도 금기사항이다.

위스키의 맛과 향을 창조하는 사람이 술에 취할 수 없다는 것이 '마스터 블렌더'의 운명인 셈이다.

하나를 얻으면, 다른 하나를 포기해야 하는 것이 우리 삶의 원칙이므로 모든 것을 취하려 함은 과욕(過慾)이며, 과욕을 부리면 결국 모든 것을 잃게 된다.

'우리 술'의 고급화와 홍보 강화

전통주 품평회에 심사위원으로 참여하면서 실망감을 느꼈다. 심사 부문을 막걸리, 약주, 증류식 소주, 과실주 등으로 구분하였을 뿐, 국내산 쌀과 수입쌀에 대한 차별이 없음은 물론 전통 누룩과 일본식 입국 사용에 대한 구분도 없었다.

우리 술의 고급화를 위해 앞서 언급한 종량세로의 전환은 물론 품질표시 기준을 시급하게 마련해야 한다. 위스키, 와인, 사케 등은 병의 라벨만 봐도 소비자가 그 술의 등급과 품질을 알 수 있다는 점을 인식할 필요가 있다.

'우리 술'의 세계화를 위해 '한식 세계화'와 연계하는 것은 물론이고 전통 누룩을 사용한 술에는 건강에 좋은 유산균 함량이 많다는 사실을 강조해야 한다. 국내는 물론 외국 소믈리에를 대상으로 '우리 술'의 특징과 종류 등에 대해 홍보하고 교육하는 프로그램을 개발하고 지원해야 한다. 특히 외국 소믈리에를 대상으로 '우리 술 경연대회'를 정기적으로 개최하고 우수자에 대해서는 우리의 식문화 관광 등의 혜택을 제공해야 한다.

지방자치단체를 대상으로 '지역 술 경연대회'를 매년 개최하고, '지역 술'과 토속음식 홍보를 위한 지원도 필요하다. 일본에서는 지방 출장 때 해당 지역의 술을 가져와 동료들과 함께 마시거나 선물하는 것을 대단한 예우라고 생각한다. 여유가 있는 독자들이 술자리를 가질 때 '고향 술'로 대접하거나 '고향 술 마시기 운동'을 전개하는 것도 '우리 술' 발전에 커다란 도움이 될 것이다.

참고로 일본에는 300개가 넘는 증류식 소주(본격 소주)*업체와 2,000여 개에 이르는 사케 제조업체, 331개의 와인 생산업체가 있다. 일본은 주로 현 단위에서 자기 지역에서 생산되는 술을 홍보하기 위한 갤러리를 운영하고 있다.

*일본에서는 소주를 크게 을류와 갑류로 분류하는데, 갑류는 연속식 증류 방식을 사용해 만든 소주이며, 을류로 불리는 소주는 단식 증류 방식을 사용한 일본의 전통 증류주이다. 을류 소주를 본격 소주라고 부르기도 한다. 일본에서는 쌀, 보리, 고구마, 메밀, 밤, 옥수수, 흑설탕, 청주박 등 다양한 원료로 본격 소주가 제조되고 있다.

필자가 방문했던 큐슈지역 미야자키 현의 술 갤러리에만 100여 종에 가까운 술이 소개되고 있었다. 또한 중앙정부 차원에서는 도쿄의 중심부인 황궁 건너편에 일본주(酒)회관을 건립하여 일본의 술에 대한 홍보, 전시, 시음, 교육 등을 하고 있다.

일본에서는 '일본(국산)와인'과 '일본 내 제조(국내산) 와인'을 구분하고 있는데, '일본 와인'이란 일본 내에서 수확된 포도를 최소한 50% 이상 사용한 와인을 말하며, '일본 내 제조 와인'이란 일본에서 양조된 와인을 말한다.

일본의 전체 와인 유통량 중 수입 와인이 66.5%, '일본 내 제조 와인'이 28.9%, '일본 와인'이 4.6%를 차지하고 있다.

미야자키현 술 갤러리의 다양한 술

연구와 기술지원 기능의 강화

우리나라의 경우 국세청 산하의 국세청기술연구소가 주류제조업자에 대해 술 제조 방법에 대한 기술지도 업무를 맡고 있으나 주된 업무는 면허, 분석, 평가, 관리감독 등 규제기능인 셈이다. 2007년 연구소 내에 '전통술 육성지원센터'가 설립되었으나, 인원과 재원이 크게 부족한 실정이다. 농촌진흥청 내의 '양조식품연구소'도 연구와 지원 역할을 하고는 있으나, 술을 담당하는 인원과 재원이 넉넉하지 못한 상태다.

한편 일본의 경우는 국세청 산하에 있던 '주류총합연구소'를 독립행정 법인화하여 연간 150억 원이 넘는 국비 지원을 통해 독립적으로 술, 특히 청주와 증류식 소주에 관한 연구와 교육에 집중하도록 하고 있다.

우리나라의 국세청기술연구소는 규제와 지원기능을 동시에 담당하는 반면 일본의 주류총합연구소는 지원기능만 담당한다는 데 큰 차이가 있다. 자국산 술의 육성 및 발전이라는 측면에서 볼 때 일본의 체계가 더 바람직한 것으로 판단된다.

우리나라와 같이 규제와 지원기능을 하나의 주체가 담당할 때는 지원보다는 규제에 초점이 맞춰질 가능성이 크다. '우리 술'의 적극적인 육성을 위해 국세청기술연구소의 '전통술 육성지원센터'와 농촌진흥청의 '양조식품연구소'의 술 연구 인력을 통합하여 별도의 독립기구로 설립한 다음 이 조직에 대한 정부 지원을 확대하는 방안을 시급하게 마련해야 한다.

제4장
주법(酒法)과 주례(酒禮)

제1장~3장은 술에 대한 이해, 세계의 술과 우리 술의 비교,
우리 술 되살리는 방안 등에 초점을 맞추었다.
제4장~5장은 건전한 술 문화를 정착시키기 위한 술자리에서의 예절,
아끼는 동반자로서 술과 함께하는 풍류에 대해 알아보기로 한다.

주법의 여러 유형
권주의 여러 형태
주례(酒禮)

주법의 여러 유형

　주법은 술을 어떻게 따르며, 어떠한 방식으로 마시는가를 말하는 음주문화의 형태인데, 크게 자작(自酌), 대작(對酌), 수작(酬酌)의 세 가지 유형으로 나눌 수 있다.

　자작(自酌)은 서양인들의 음주법인데, 술잔은 절대 돌리지 않고 각자의 잔에 스스로 따라 마시는 문화를 말한다. 따라서 술을 마시는 자신이 좋아하는 술을 선택하고, 마시는 양과 속도를 자신이 조절할 수 있어 한 자리에서 과음하게 되는 경우는 적다고 한다. 하지만 자작 문화권에는 홀로 마시는 독작(獨酌)이 많아 상대적으로 알코올 중독자의 비율이 높은 편이다.

　일본도 자작 문화권에 속하는데, 술을 마실 때면 술잔을 돌리거나, 술을 강요하는 모습은 거의 없고. 각자 자기가 즐기는 술을 시켜 주량만큼만 마신다. 다만 서양과 다른 것은 상대방의 술잔에 술이 줄어들면 상대방이 주문한 술을 따라주어 항상 가득 차도록 하는 첨잔 방식이 있다는 점이다.

　일본에서는 술값을 계산할 때 일행이 똑같이 나눠 내거나 자기가 시켜서 먹고 마신 것에 대한 값만 내는 것이 일반적이다. 참고로 일본에서는 술을 주문하면 술잔 밑에 나무로 만든 작은 됫박 같은 것이 함께 나오는데, 이는 항상 술을 술잔 가득 따르다 보면 술잔 밖으로 넘치는 술을 받기 위한 것이며, 술이 어느 정도 고이면 이를 다시 잔에 따라 마신다.

또한 일본에는 윗사람이 아랫사람에게는 술잔을 내릴 수 있지만, 아랫사람이 윗분에게 올리지는 않는 전통이 있는데, 이는 과거 일본에서는 술잔에 독을 타는 경우가 있었기 때문이라고 한다. 혹시 우리와 같이 술잔을 돌리는 문화를 모르는 일본인과 술자리를 할 때 술잔을 건네주면 일본인은 자기를 아랫사람이라고 여긴다고 생각할 수 있으므로 주의가 필요하다.

대작(對酌)은 잔을 서로 맞대고 건배를 외치며 마시는 주법으로, 중국과 러시아를 포함한 구소련연방 국가에서 많이 볼 수 있는 술자리 문화다. 각자의 잔에 술을 따라 마시며, 자기 잔을 상대방에게 돌리는 일은 없다. 중국의 경우 '깐뻬이(건배)'를 외치면 상대방과 눈을 맞춘 다음 반드시 원샷을 한 후 빈 잔을 보여주어야 한다.

주량이 약해 원샷을 하기 힘든 경우에는 '쉐이이(隨意)'라고 말하면 조금씩 마셔도 용서가 된다. 혼자 잔을 들어 마시는 것은 "당신들과는 대작하기 싫다"는 뜻으로 큰 실례가 되므로 마시고 싶으면 옆에 앉은 사람에게 건배를 청하여야 한다.

중국인들과 술자리를 가질 때 상석은 방의 문을 정면으로 바라보는 곳(면조대문위존; 面朝大門爲尊) 또는 생선요리의 머리 부분이 향한 곳이며, 상석의 양옆에 중요한 손님이 앉게 된다.

상석에 앉은 사람을 '위터우주(漁頭酒)'라고 하며 가장 먼저 건배를 제안하게 된다.

상석에 앉은 사람은 술 상무라고 할 수 있는 배주원(陪酒員)을 동반하는 경우가 있다. 건배를 외친 다음 고위직은 술잔을 옆에 앉아 있는 배주원에게 주고 배주원이 술을 마신다.

1986년 국제회의 참석차 북경을 방문한 적이 있는데, 배주원 문화는 물론 '쉐이이'를 몰랐던 필자는 연속으로 건배를 하다가 거의 인사불성이 되었던 일이 있었다.

러시아의 경우 보드카는 알코올 도수가 높아 우리의 소주잔보다 가느다란 잔으로 '다바이'라고 건배사를 하면서 마신다. 하지만 술자리가 어느 정도 익으면 '우라 우라 우라(만세 만세 만세)"라고 외치며 맥주잔에 보드카를 따라 한 번에 들이킨다. 필자가 처음 러시아를 방문했을 때, 아무 것도 모르고 이를 따라 했다가 혼절해 호텔 방으로 실려 간 적이 있었다.

수작(酬酌)은 마시는 사람끼리 술잔을 주고받거나 술잔을 돌려 마시는(순배; 巡杯) 주법이다. 우리나라 속담인 "술은 잔을 주거니 받거니 하는 재미로 마신다."는 말에서 알 수 있듯이 우리에게만 있는 독특한 주법이다.

수작은 한 자리에서 잔을 주고받으므로 음주의 속도가 빨라지고 음주량이 늘어난다. 하지만 술잔을 나눌 상대가 있어야 하므로 혼자 마시는 독작(獨酌)은 거의 없다. 우리나라 사람의 음주량에 비해 상대적으로 알코올 중독자가 적은 이유는 우리 선조들의 지혜가 묻어난 수작이라는 주법 때문이 아닌가 생각된다.

[꿀팁] 환배(換杯)와 교배(交杯)

몽골에서는 술자리를 같이한 사람들이 게르(몽골족의 이동식 집) 안에서 둥글게 둘러앉아 큰 잔에 가득 따른 다음 돌려가며 조금씩 마신다. 이를 환배라 하는데 잔을 돌리므로 우리의 '수작(酬酌)'과 유사하다.

환배가 생기게 된 이유는 예전에 몽골에서는 술잔에 독을 타서 상대방을 죽이는 일이 종종 있었기 때문이다. 술잔에 독이 없다는 점을 증명하기 위해 큰 술잔에 술을 따른 다음, 주인이 먼저 한 모금 마시고 잔을 일행들이 순서대로 돌리게 된 것이다.

우리나라의 전통 혼례에서는 신랑·신부가 상을 가운데 두고 마주 보며 서로 잔을 바꾸어 술을 마시는 반면, 중국에서는 신랑·신부가 술잔을 든 팔을 서로 걸고 굽혀 마신다.

잔을 교차했다는 의미로 교배라고 하는데, 오늘날 술자리에서 '러브샷'이라고 부르는 행위의 원형이다.

[꿀팁] 작(酌: 술 따를 작)과 연관된 우리말

술잔을 서로 주고받는다는 뜻인 수작(酬酌)은 서로 친해 보자는 의미로 변화하였고, 이는 다시 상대방을 다소 얕잡아 보는 부정적인 의미로 변질되었다.

술을 마시다가 취하면 경솔하게 말을 하거나 횡설수설하는 경우가 있는데, 여기서 '수작을 부리다'라는 비하(卑下)의 표현이 생겨났다고 한다. 이후 이 말은 누군가 엉큼한 속셈이나 속 보이는 짓, 쓸데없는 말이나 행동을 할 때 사용하게 되었는데, "허튼 수작 하지 마.", "뻔한 수작 걸지 마."와 같은 표현을 말한다.

우리나라의 전통 술병은 도자기로 되어 있기 때문에 병 속에 남아 있는 술의 양을 정확히 알 수 없어 술을 천천히 따르게 되는데, 여기서 '어림잡아 헤아림'이라는 '짐작(斟酌)'이라는 말이 나오게 되었다.

술을 따를 때 부주의하게 따르다 보면 잔이 넘치게 된다. 따라서 잔의 크기에 맞춰 따르는 술의 양을 정해야 한다. 여기서 '짐작하여 결정함', 즉 '작정(酌定)'이라는 말이 생겨났다. 술을 권할 때 상대방의 주량을 헤아려 술을 알맞게 따르는 것이 올바른 예의라고 할 수 있다. 여기에서 '참고하여 알맞게 헤아림'이라는 뜻의 '참작(參酌)'이라는 말이 나온다.

권주의 여러 형태

건배사

술 마시는 자리에서 화기애애한 분위기를 고조시키기 위해 건배 구호를 외치는 것, 이를 권주(勸酒)라고 하는데, 술이 있는 나라라면 어디서나 볼 수 있다. 한·중·일 삼국에서는 건배(乾杯)의 발음인 '건배'(한국), '깐뻬이'(중국), '칸빠이'(일본)가 가장 많다.

영미권에서는 '치어스(Cheers)', '바톰업(Bottoms up; 원샷)', '굿 헬스(Good Health)'를 많이 사용한다. 독일과 네덜란드에서는 '프로시트(Prosit)', 프랑스에서는 '아 보뜨르 쌍떼(당신의 건강을 위해)', 이탈리아에서는 '살루떼'가 일반적이다. 캐나다는 '토스트(toast)', 북유럽에서는 '스콜(건강)', 러시아는 '다바이', '즈다로비에', '우라 우라 우라', 브라질은 '사우데(saùde)'가 많이 사용된다.

가끔 술자리에서 건배사 제안을 받았을 때 당황하는 분들을 위해 시중에 떠도는 건배사를 3가지 유형으로 분류하여 〈부록 2〉에 소개하였다.

권주사

예전에는 잔을 권하면서 건강과 장수의 기원, 반가운 만남, 아쉬운 이별 등 술자리의 성격에 어울리는 권주사를 읊는 것이 일반적이었다. 수없이 많은 권주사가 있지만, 우리나라와 중국 권주사의 백미(白眉) 1편씩과 배영호의 권주가 중 한 가지를 소개한다.

정철의 장진주사(將進酒辭)*

*조선 중기의 문신으로 호는 송강(松江)이며 관동별곡, 성산별곡, 사미인곡 등의 작품으로 유명함.

한잔 먹세 그려 또 한잔 먹세 그려
꽃 꺾어 셈하면서 한없이 먹세 그려
이 몸 죽은 후엔 지게 위에 거적 덮고 졸라매고 지고 가거나
화려한 상여를 탄 채 많은 사람들이 울며 따라가지만
억새 속새 떡갈나무 백양나무 우거진 숲속에 가기만 하면
누런 해 흰 달 가는 비 굵은 눈 쓸쓸한 바람 불 때 누가 한잔 먹자 할꼬
하물며 무덤 위에 잔나비 휘파람 불 때 뉘우친들 무엇 하리

우무릉의 권주(勸酒)*

*당나라 말(만당, 晩唐)의 시인으로 이름은 업(鄴), 자는 무릉임

그대에게 이 금빛 나는 술잔을 권하노니
가득 찬 이 술을 사양하지 말아주오
꽃이 피면 비바람도 거센 것처럼
우리네 인생살이 이별도 많다네.

정철의 시는 저 세상에 간 다음 후회하지 말고 숨을 쉬고 있을 때 술을 즐겨야 한다는 뜻이며, 우무릉의 시는 친구와의 이별을 슬퍼하며 술을 권하는 것이다.

배영호의 '사랑하는 사람에게 드리는 권주가'*

*배상면 주가'를 운영하는 배영호 씨는 '사랑과 소통의 미학, 전통술'이란 저서에서 부모님, 선생님, 사랑하는 사람, 선배, 후배, 처음 뵙는 이, 미운 이, 서먹했던 벗, 적장(賊將), 떠나가는 정인(情人)에게 드리는 권주가를 소개하고 있음.

받으시오, 받으시오 이 술 한잔 받으시오
사랑하는 이 내 마음 덥다 식다 하다 보니
어젯밤엔 이슬 되어 이 술 한잔 되었다오
이 술 한잔 받으시고 나의 사랑 거두시면
오늘 밤 그대 꿈에 원앙 베개 되오리다
받으시오, 받으시오 이 술 한잔 받으시오

주례(酒禮)

술과 관련된 문제의 대부분은 특정인이 술을 지나치게 탐닉함으로 인해 발생한다. 이는 개인적인 차원의 문제라고 생각해서 이를 제도와 법으로 바로잡으려 하는 것이 일반적이다.

하지만 술과 연관된 문제를 제대로 해결하기 위해서는 문제를 일으킨 개인에 대한 제재를 넘어 건전한 술 문화를 정착시키려는 노력이 병행되어야 한다.

술자리에서 지켜야 할 예절을 '주례(酒禮)' 또는 '주도(酒道)'라고 하는데, 우리나라와 중국에서는 주례라고 하고, 일본에서는 주도라고 한다.

조선조 세종대왕 시절 사회생활에서 지켜야 할 여섯 가지 예법, 즉 육례(六禮)가 정해져 현재까지 전해져 내려오고 있다. 육례는 관례(冠禮), 혼례(婚禮), 상례(喪禮), 제례(祭禮), 향례(鄕禮: 鄕飮酒禮·鄕射禮), 상견례(相見禮)르르 말한다. 주례는 향례의 하나인 향음주례(鄕飮酒禮)로부터 유래한 것이다.

향음주례는 지방의 수령이 향중(鄕中)의 유덕자에게 베푸는 주연이면서 음주를 즐기는 데만 그치는 것이 아니라 주례(酒禮)를 통한 예법의 훈련을 위해 시작되었다. 세월이 지나면서 향음주례는 일반 사람들을 대상으로 향촌 질서의 개선과 풍속의 교화를 목적으로 음주에 대한 예절을 가르치는 것이 되었다. 조선조 정조 21년(1797년)에는 김상진(金相進)이 향음주례의 의식 및 절차에 관하여 고증한 책인 『향음주례고증도(鄕飮酒禮攷證圖)』가 발간되었다.

조선왕조의 설계자라고 불리는 정도전(鄭道傳)은 〈향음례(鄕飮禮)〉라는 글에서 향음주례의 취지를, 지금의 시각에서 보면 다소 어색한 부분이 없진 않지만, 적절히 압축하고 있다.

"빈객(손님)과 주인이 서로 읍하고 사양하면서 올라가는 것은 존경과 겸양을 가르치기 위한 것이요, 손과 얼굴을 씻는 것은 청결을 가르치기 위한 것이요, 처음부터 끝까지 매사에 반드시 절을 하는 것은 공경을 가르치기 위한 것이다.

존경하고 겸양하고 청결하고 공경한 다음에 서로 접촉하면 포만(暴慢 : 폭력과 게으름)이 멀어지고 화란(禍亂 : 세상의 어지러움)이 종식될 것이다. 주인이 빈객과 빈객의 수행인을 가리는 것은 현자(賢者)와 우자(愚者)를 구별하기 위한 것이요, 빈객을 먼저 대접하고 수행인을 뒤에 대접하는 것은 귀천을 밝히기 위한 것이다.

현자와 우자가 구별되고 귀천이 밝혀지면 사람들은 권면(勸勉 : 힘써 노력함)할 것을 알게 될 것이다. 그러므로 술을 마실 때는 즐겁게 하되 유탕(遊蕩 : 제멋대로 놀아남)한 지경에 이르지 않고, 엄숙하되 소원(疎遠 : 관계가 멀어짐)한 지경에 이르지 않는다. 신(臣)은 경계하지 않는데도 교화가 이루어지는 것은 오직 향음주례가 있기 때문이라고 생각한다."*

*이상희, 한국의 술 문화 I, 도서출판 선, 2009. 6, 379-380쪽.

향음주례는 손님을 청하여 허락을 받는 단계에서 시작하여 대문 밖에서 손님을 맞이하고, 주인이 술을 권한 다음, 손님이 주인에게 술을 권하고, 악기를 연주하며 사회를 세우고, 술자리가 끝나면 손님이 돌아가기까지 크게 13단계로 구분된다.

손님은 보통 말없이 돌아가는데, 다음날 다시 와서 사례하는 것이 일반적이었다고 한다.

또한 각 단계에서 지켜야 할 예의, 이를테면 인사하는 방법, 자리에 앉는 방법, 술잔을 주고받는 방법 등을 정하고 있는데, 여기서 주목할 만한 것은 잔을 돌리되 세 번 이상 돌리는 것을 천박하게 여겼다는 점이다. 아무튼 향음주례가 올바른 음주 교육에 기여한 점은 인정되지만, 다소 번거로운 까닭에 오늘날 이것을 있는 그대로 실천하는 것은 무리라고 생각된다.

격식을 차리지 않는 세태가 일상화된 듯싶은 요즈음이지만, 문화인으로서 술자리에서 지켜야 할 최소한의 예절은 필요하다고 생각한다.

첫째, 연장자 또는 직장의 상사가 앉는 술자리의 상석은 출입문에서 안쪽, 즉 문을 바라보는 자리 중 중앙으로 하고, 차석은 상석의 왼쪽, 오른쪽 순서로 하며, 가장 젊은 사람이거나 하급 직원은 문 앞에 자리하는 것이 바람직하다.

둘째, 술과 음식은 너무 질펀하지 않게 인원과 주량을 고려하여 준비하고, 안주는 자기 접시에 덜어서 먹도록 한다.

셋째, 잔을 돌리기 전에 잔을 깨끗한 물에 씻은 후 돌린다. 잔이 한 바퀴 도는 것을 순배라고 하는데, 세 순배 정도가 적당하며 일곱 순배 이상은 금물이다. 술을 마시지 않는 사람에게는 하례만 하고 다음 사람에게 돌리도록 한다.

넷째, 술을 따를 때는 오른손으로 술병을 들고 왼손으로는 술병 밑을 받치며(먼 거리일 때는 오른팔 아래 왼손을 댐), 술을 받을 때는 오른손으로 받아야 한다.

다섯째, 술잔을 부딪치며 음주를 권할 때 상대방보다 아랫사람은 상대방 잔의 아랫부분을 부딪치고, 부딪친 다음에는 잔을 쳐다보지 말고 상대방의 눈을 보면서 웃음을 짓도록 한다. 눈을 피하는 사람에게는 믿음이 덜 가는 반면, 부드럽게 눈을 맞추는 사람에게는 믿음이 가기 때문이다.

여섯째, 술이 독하더라도 눈살을 찌푸리거나 못마땅한 기색을 하지 않아야 한다.

일곱째, 말할 때는 술잔을 내려놓고 말한다.

여덟째, 술자리에서 주사(酒邪)는 금물이며, 가장 윗분이 일어나면 모두 자리를 파하고 돌아가는 것이 좋다.

아홉째, 술자리에서의 즐거움, 섭섭함, 실수 등은 한 번의 웃음과 함께 흘려보내고, 나중에는 일체 불문에 붙인다.

이 밖에 "술은 수구문(水口門; 송장을 내보내는 문) 차례다(술잔은 나이 많은 순서대로 따른다는 뜻)."라는 속담과 "자작(子爵)*은 친일파다."라는 속담을 기억하면 술자리에서의 예의를 잘 아는 품위 있는 사람으로 대접받을 것이다.

*자작(子爵)은 일제가 을사늑약 때 친일파에게 준 작위이므로 홀로 술을 따라 마시는 자작(自酌)은 하지 말라는 뜻.

제5장
술자리 풍류(風流)

풍류란 어려운 현실 속에서도 마음의 여유와 즐거움을 찾을 줄 아는 삶의 지혜와 멋을 말한다.
술은 맛과 멋으로 즐기는 것인데, 이를 더욱 고조시켜 주는 것이 술자리 풍류라 할 수 있다.
종류별로 마시는 방법, 적절한 안주와 술잔의 선택, 바람직한 술친구, 술자리에서의 놀이술집의 분위기,
대화 내용의 품격, 음악의 여부와 유형 등이 술의 맛과 멋을 높여주는 것이다.
특히 음악과 관련하여 서양에서는 술 마시는 사람과 노래 부르는 사람이 분리되어 있지만,
우리나라에서는 전통적으로 "음주가무(飮酒歌舞)를 즐겼다."는 말이 있듯이
술을 마시면서 술자리를 같이하는 사람들이 함께 노래를 부르는 멋진 풍류를 유지하고 있다.

술 종류별로 즐기는 법

위스키, 증류식 소주, 브랜디

우리나라의 소주잔보다 작은 숏 글라스로 마시는 경우 물을 한두 방울 떨어뜨리면 향이 강해진다. 큰 잔인 온더락 잔으로 마시는 경우 얼음조각 또는 물을 섞은 후 원샷으로 마시기보다는 향기를 맡은 후 한 모금씩 마시는 것이 좋다. 오래 숙성된 위스키의 향이 풀리기까지 약간의 시간이 필요하므로 튤립 모양의 잔이 바람직하지만 이런 잔이 없는 경우에는 아랫부분이 넓은 잔이 좋다.

참고로 일본인들은 독한 술을 즐기지 않아 위스키 또는 증류식 소주(본격소주)에 물을 타거나(미즈와리), 더운물을 타서(오유와리) 마시는데, 특히 젊은 층은 증류식 소주에 탄산음료를 섞은 '샤와'를 즐긴다.

브랜디는 향기를 즐기는 술이므로 몸체가 튤립 모양이고 술잔 밑이 펑퍼짐한 잔이 바람직하다. 프랑스나 영국에서는 스트레이트(straight)로 마시지만, 미국인은 희석해서 마시는 것을 좋아해 콜라를 섞거나 브랜디에 탄산수를 넣은 '코냑 프로트'를 선호한다. 하지만 브랜디 본래의 맛을 즐기려면 스트레이트로 마시는 게 좋다.

잔에 따를 때는 조금만 따르는 것이 예의인데, 이는 오랜 기간 숙성한 브랜디의 향미를 음미하기 위해서다.

다음은 유리잔을 눈높이까지 들어 색깔을 보고 그 향을 천천히 맡아 본 다음, 술잔을 손으로 감싸듯이 쥐어 따뜻하게 하면서 천천히 돌리면 향이 배어 나오게 된다.

처음 한 모금은 혀 전체를 촉촉이 적실 정도로 하고 잠시 입 안에 머물도록 하면서 향을 음미한 다음 목으로 넘기고, 다음부터는 향을 음미하면서 아주 조금씩 즐기면서 마시는 것이 좋다. 이탈리아 사람들은 '그라파'*를 에스프레소 커피에 타서 마시거나 커피를 다 마신 후 잔에 몇 방울 떨군 다음 잔을 헹구어 마시는 것을 즐긴다.

*와인을 만들기 위해 포도를 압착한 후 남은 찌꺼기(포도 껍질, 씨 등)를 증류한 브랜디임.

[꿀팁] 위스키의 종류

위스키는 원료와 증류 방식에 따라 몰트위스키(Malt Whisky), 그레인위스키(Grain Whisky), 블렌디드(혼합) 위스키(Blended Whisky) 등 세 가지로 구분된다.

몰트위스키는 맥아만을 원료로 하며, 단식증류기를 사용한다. 1차 증류된 액을 다시 2차 증류해야만 비로소 위스키 원액을 얻는 방식이므로 향미가 짙어 품질이 좋은 대신 높은 생산비용이 단점이라 할 수 있다.

그레인위스키는 소량의 맥아에 보리, 옥수수, 밀 등의 곡물을 당화, 발효시킨 다음 1831년 특허를 받은 연속식 증류기를 사용하여 대량으로 생산하는 것이다. 따라서 가격은 낮은 수준이지만 향미 측면에서는 몰트위스키를 따를 수 없다. 따라서 가격과 품질을 절

충하기 위해 등장한 것이 몰트위스키와 그레인위스키를 혼합한 블렌디드 위스키이다.

블렌디드 위스키는 '마스터 블렌더'들이 숙성 기간이 각기 다른 증류액을 혼합(Blending 또는 Marrying)하여 제조하는데, 예를 들어 발렌타인 17년산이라 함은 숙성 기간이 다른 여러 증류액 중 가장 나이 어린 것이 17살이라는 뜻이다. 다시 말해 발렌타인 17년산에는 20년 또는 25년간 숙성시킨 증류액도 함께 포함되어 있다.

몰트위스키 중 위스키 마니아들이 선호하는 싱글(Single) 몰트위스키는, 여러 증류소에서 숙성시킨 것을 혼합한 것이 아니라, 한 증류소에서 다른 기간 동안 숙성한 것들을 혼합한 것이라는 뜻이다. 한편 그레인위스키는 섞지 않고 여러 증류소의 몰트위스키만을 혼합한 것은 베티드(Vatted) 또는 퓨어(Pure) 몰트위스키라고 한다.

'수제 싱글몰트 위스키'는 보리 경작에서 수확, 발효, 증류, 숙성에 이르기까지 모든 과정을 옛날 전통 방식(자동화되지 않은 증류기 포함) 그대로 만드는 것이다. 예를 들어 같은 회사 제품인 '발베니'는 수제 방식을 사용하는 반면, '글렌피딕'은 거의 전 과정이 자동으로 진행된다.

와인

와인을 선택할 때 사용된 포도 품종과 포도의 수확 연도인 빈티지(Vintage)를 확인하는 것은 기본이라 할 수 있다. 하지만 더욱 중요한 것은 와인의 향이 제대로 발휘될 수 있게 해주는 디켄팅, 특정 와인에 어울리는 잔, 특정 와인과 궁합이 맞는 음식을 선택하는 것 등 와인을 마시는 여건이라고 할 수 있다.

와인을 마시기 전에 병에 든 와인을 유리 또는 스텐으로 만든 용기에 따른 다음 20-30분 후 잔에 따라 마시는 것을 볼 수 있다. 이것을 디켄팅(Decanting), 에어링(Airing) 또는 브리딩(Breathing)이라 하고 용기를 디켄터(Decanter)라고 한다.

디켄팅을 하는 이유는 와인에 있는 침전물을 거르거나, 와인을 공기와 접촉시켜 산화를 촉진하고 와인 고유의 향이 되살아나도록 하기 위해서다.

침전물을 거르기 위한 디켄터는 용기의 바닥 면이 볼록한 것을 사용하며, 산화를 촉진하기 위한 것은 바닥 면이 평평한 것을 사용한다. 탄닌이 강한 미숙성 와인이나 오랫동안 숙성한(빈티지가 오래된) 와인은 디캔팅하는 것이 바람직하다. 최근에는 와인 에어레이터((Aerator)라는 기구를 이용하기도 하는데, 오픈한 와인 병에 끼워 공기가 주입되게 한 뒤 와인을 따라 마시는 방식으로 간단하고 편한 디캔팅이라 할 수 있다.

다양한 형태의 디캔터

와인이 공기와 접촉하는 면적과 온도가 올라가는 것을 막기 위해 화이트와인용은 잔의 입구와 크기 모두 레드와인용보다 작다. 스파클링 와인 잔은 기포와 향을 보존할 수 있도록 길고 날씬한 모습이다. 또한 식전이나 식후의 와인 잔은 작은 것을, 테이블 와인(Table Wine)*용으로는 큰 것을 사용하는 것이 좋다.

*식사와 함께 반주(飯酒)로 마시는 와인

와인을 잔에 따른 후 약 45도 정도 기울여 눈으로 와인 색깔을 관찰하면서 와인의 건강 상태 및 숙성 정도를 파악하도록 한다. 디캔팅을 하지 않은 와인은 코로 향기를 확인하기 전에 와인 잔을 여러 번 둥글게 돌려(스월링) 와인이 잠을 깨도록 한 다음 향을 음미하는데, 길게 한 번 맡는 것보다는 여러 번 짧게 향을 맡아보는 것이 좋다. 이때 와인 잔을 잡을 때는 반드시 대롱 부분을 잡아야 한다. 잔의 몸통 부분을 잡으면 잔에 체온이 전달되어 맛이나 향에 영향을 줄 수 있기 때문이다.

마지막으로 한 모금 마신 후 공기를 흡입하여 입안의 모든 부분에서 와인의 질감을 느낄 수 있도록 입안에서 굴린 다음 목으로 넘긴다. 우리나라에 수입되는 와인의 대부분은 선박을 이용하며 날씨가 덥고 습기가 많은 적도 지역을 통과하게 마련이다. 따라서 일부 와인은 상했을 가능성이 있다. 와인을 잔에 따라 마시기 전에 잔을 몇 차례 회전한 후 됐다는 표시로 고개를 앞으로 끄덕이는 경우가 대부분인데, 반드시 향미를 확인한 후 고개를 좌우로 흔들 수 있는 능력을 키울 필요가 있다.

[꿀팁] 따뜻하게 마시는 와인

크리스마스 전후 겨울철에 따뜻하게 데운 와인을 독일에서는 '글뤼바인', 프랑스는 '뱅쇼', 스웨덴은 '글룩', 미국은 '멀드(Mulled) 와인'이라고 한다. 이 같은 온(溫) 포도주는 나라마다 차이가 있으나 일반적으로 와인에 계피, 정향(정향나무의 꽃봉오리), 설탕 등을 넣고 섭씨 80도 이하로 데운 것이며 알코올 도수는 7~14도 수준이다.

보드카

러시아에서 보드카는 얼큰하게 취하는 걸 즐기기 위한 술이므로 마실 때 혀를 사용하지 않고 목으로 단숨에 넘기는데, 그러면 목과 가슴과 배가 타는 것처럼 뜨거워지며 취기가 오른다. 러시아 사람들은 보드카를 마실 때만큼은 꼭 안주를 먹는다.

돼지비계에 마늘을 갈아 얹은 후 그 위에 소금을 뿌린 '사라'를 즐겨 찾고 또는 귀리로 만든 흑빵이나 버터를 먹기도 한다. 보드카는 차가울수록 맛이 좋아지기 때문에 냉동실에 넣어 두었다가 꺼내 마시는 것이 좋다. 혹시 얼지 않을까 걱정할 수도 있지만, 알코올 도수가 40도 이상이므로 절대 얼지 않는다.

필자의 경우 알코올 도수가 높은 보드카를 그냥 마시는 대신 콜라와 각각 반반씩 혼합한 칵테일을 선호하는데, 주량이 약한 경우에는 보드카 4분의 1, 콜라 4분의 3을 섞으면 새로운 맛을 즐길 수 있다. 여기에 레몬즙 한두 방울을 더하면 금상첨화다.

맥주

맥주를 주문할 때 브랜드명 옆에 있는 숫자는 그 맥주의 알코올 농도를 의미하는 것이 아니라 '맥아즙 속 당의 농도'를 뜻하는 것이다. 예를 들어 $10°$는 맥아즙 속에 10%의 당이 들어 있다는 의미다. 알코올 도수는 이 숫자를 2.4로 나누면 되므로 4.5도인 것이다.

맥주 거품은 맥주가 공기와 접촉해 산화되는 것을 막아주어 신선한 상태로 오래 마실 수 있게 해준다. 맥주를 잘 따르는 요령은 잔의 30% 정도가 맥주 거품으로 덮이게 따르는 것이다. 병의 각도를 15도 정도로 한 다음 처음에는 서서히, 다음에는 세차게 따르다가 하얗게 거품*이 일기 시작하면 그 거품을 그대로 위로 밀어 올리듯 조용히 따른다. 맥주 한 잔을 모두 비우는 것이 부담스러운 사람은 거품의 비율을 4분의 3 정도로 하는 것이 바람직하다.

*독일에서는 이 거품을 부르멘(꽃)이라고 함.

맥주를 마실 때는 소주나 위스키를 마실 때처럼 조금씩 마시기보다는 거품이 덮여 있는 잔을 들고 단숨에 마시는 것이 좋다. 맥주가 좋은 맛을 낼 수 있는 일반적인 온도는 여름에는 $6\sim8°C$, 겨울에는 $10\sim12°C$, 봄과 가을에는 $8\sim10°C$라고 한다. 특히 라거 계열 맥주*는 $0\sim4°C$의 아주 차가운 온도에서 마셔야 청량감과 목 넘김이 가장 좋고, 에일 계열 맥주**는 시원한 정도인 $8\sim12°C$가 적당하며, 약 $70°C$의 뜨거운 온도에서 마셔야 맛있는 맥주도 있다고 한다.

*효모가 밑으로 가라앉는 하면(下面) 발효 방식이며, 낮은 온도(12°C)에서 일정 기간 숙성시키고, 라거(Lager), 복(Bock), 드라이 맥주 등이 있음.

**발효가 끝나면 거품과 함께 효모가 위로 떠오르는 상면(上面) 발효 방식이며, 맥아 농도가 높고 상온(15-24°C)에서 발효시키는데, 에일(Ale), 포터(영국 흑맥주의 대표), 스타우트(아일랜드 흑맥주의 대표), 밀맥주 등이 있음.

맥주의 향과 거품 유지를 위해 잔의 선택 역시 중요하다.

맥주잔은 다양한 형태가 있는데, 크게 손잡이가 있는 것과 없는 것으로 나눌 수 있다. 손잡이가 있는 것 중 대형은 흔히 '조끼'라고 부르는 '저그(Jug)', 소형인 것은 '머그(Mug)'라고 하고, 도자기 제품으로 뚜껑이 있는 것은 '스타인(Stein)'이라고 한다. 손잡이가 있는 잔은 잔을 부딪치며 건배하기에 제격이며 한 번에 들이킬 수 있는 맥주의 양이 많다는 장점이 있다.

손잡이가 없는 잔에는 주둥이가 크고 원통 모양인 '파인트', 밑은 가늘고 위쪽은 볼록한 모양의 '바이젠 글래스', 잔에 짧은 다리가 있고 튤립의 꽃봉오리 모양의 '튤립 잔', 잔에 다리가 있고 와인잔처럼 생겼으나 입가에 닿는 부분이 바깥으로 벌어져 있는 '데쿠', 좁고 길쭉하여 샴페인 잔처럼 생긴 '플루트' 등이 있다.

'파인트'는 탄산이 많은 라거 맥주를 마시기에 적합하며, '바이젠 글래스'는 밀맥주의 독특한 색깔을 감상하기에 좋으며, '튤립 잔'은 향이 강한 벨기에 에일 맥주에 어울리고, '데쿠'는 맛과 향이 진한, 특히 일반 에일보다 홉을 2배 이상 사용한 인디언 페일 에일(Indian Pale Ale)*을 마시기에 적당하며, '플루트'는 맥주의 색깔과 잔 안에서 터지는 기포를 즐기기에 안성맞춤이다.

*에일에는 가벼운 맛의 마일드(Mild), 알코올 함량이 적은 페일 에일(Pale Ale), 홉의 풍미는 약하지만, 맥아의 향미가 강한 브라운 에일(Brown Ale), 밝은 갈색의 향이 진하고 달콤하면서 쌉싸름한 비터 에일(Bitter Ale), 홉의 향미가 강하고 알코올 도수가 높은 인디언 페일 에일 등이 있음.

[꿀팁] 생맥주에는 효모가 살아있는가?

맥주 효모는 양질의 식물성 단백질, 비타민 B5, 아미노 에시드가 많이 함유되어 있어 정장 작용과 소화 촉진, 식욕증진제로 널리 이용된다. 1970년대 이전에 판매된 캔맥주, 병맥주, 생맥주 중 어느 것이 효모가 살아있을까? 정답은 "모두 아니다."이다. 효모가 살아있어 발효가 계속되면 맥주 맛이 변하게 되므로 앞의 3가지 맥주 모두 열처리를 해서 효모를 죽인 것이다.

1970년대 본격적으로 등장한 비열(非熱)처리 맥주는 우리나라에서도 1993년 하이트를 필두로 일반화됨으로써 생맥주와 병맥주, 캔맥주 3가지 맥주는 담는 용기만 다를 뿐 모두 같은 주질(酒質)이다. 그렇다면 열처리를 하지 않는 비열처리 맥주는 효모가 살아 있을까? 정답은 역시 '아니다'이다.

비열처리 맥주는, 열처리를 하지 않는 대신, 세라믹 필터로 효모와 다른 미생물을 걸러낸 것이므로 그 속에 효모는 없다. 건강을 위해 효모가 살아있는 맥주를 마시고 싶다면 열처리나 비열처리를 하지 않는 수제 맥주 또는 '무여과(無濾過)'라는 표시가 있는 맥주를 찾으면 된다. 다만 효모가 살아있는 맥주는 유통기간이 짧아 7℃ 이하에서 48시간 정도 유지된다고 하니, 손님이 많아 맥주의 소비 회전율이 높은 맥주집을 선택하는 것이 좋다고 한다.

다양한 맥주잔(충주시 술 박물관 소장)

희석식 소주

전통 약주와 마찬가지로 술병을 열자마자 술을 따르지 말고 마개
를 딴 후 숙취 등을 유발하는 병 윗부분의 가스가 날아가도록 1분
정도 기다린 잔에 술을 따라야 한다.

어느 때부터인가 희석식 소주의 알코올 도수가 낮아지고 있지만,
아직도 소주의 강한 맛을 싫어하는 분들은 소주에 오이, 레몬즙, 녹
차 등을 섞어 마시면 거부감을 줄일 수 있다. 소주에 오이를 가늘게
썰어 넣으면 소주의 강한 알코올 향이 사라지고 맛이 순해진다. 또
한 오이는 칼륨을 다량 함유하고 있어 이뇨 작용으로 배설되는 칼

룸을 보충해 준다. 소주 1병을 주전자에 붓고 여기에 녹차 티백 1개를 넣어서 마시면 녹차 특유의 향내가 어우러질 뿐만 아니라 술독을 해소하는 효과가 있다.

[꿀팁] 폭탄주의 명암

폭탄주는 위스키나 희석식 소주에 맥주를 섞어 마시는 것이며, 유사한 것으로 막걸리에 증류식 소주를 섞은 혼돈주(混沌酒), 막걸리에 희석식 소주와 사이다를 섞은 '막소사주'도 있다.

폭탄주는 20세기 초반까지 세계에서 가장 큰 무역항이었던 암스테르담의 하역노동자들이 고된 노동을 끝낸 후에 피로를 빠르게 풀기 위해 맥주에 에틸알코올을 타서 마신 데서 유래하였다는 설과 미국의 탄광 또는 벌목장의 노동자들이 싼값에 빨리 취하기 위해 마셨던 '보일러 메이커(Boiler Maker; 온몸을 취기로 끓게 하는 술)에서 유래했다는 설이 있다.

우리나라에도 1900년대에 이미 막걸리에 소주를 섞어 마셨다는 기록이 있는데, 이를 '혼돈주'라 하였다고 한다. 현재 우리나라는 폭탄주의 세계화를 추진 중인 것 같다. '회오리주', '수소 폭탄주', '골프', '헤드샷' 등 다양한 폭탄주 제조 방법의 동영상을 담은 앱이 개발되어 내국인은 물론 외국인들도 이를 구매한다고 하니 대견하다기보다는 기가 막힌다는 것이 필자의 솔직한 심정이다.

폭탄주는 맥주 속의 탄산가스가 위벽을 자극해 알코올 흡수를 촉진하는 까닭에 술이 빠르게 취한다. 그렇기 때문에 술자리를 후다닥 끝내기를 원하거나, "술을 빨리 가자."는 집단, '빨리 빨리' 문화가 강한 집단일수록 이를 선호하는 경향이 있다. 폭탄주 문화는 술의 맛과 향을 즐기는 사람들에게는 다소 야만적인 것으로 비칠 수

있지만, 술이 식도를 타고 내려갈 때 섞인 맥주가 식도를 보호한다
는 옹호론자도 있다.

필자의 경우 전자에 해당하지만, 술자리의 분위기에 따라 폭탄주
를 감내하기도 한다. 다만 건전한 술 문화의 정착을 위해 한 영국인
이 "우리가 오랜 시간 공을 들여 만든 위스키에 맥주를 타서 마시
는 한국인을 도저히 이해할 수 없다.", "위스키를 즐긴다는 것은 수
십 년의 세월이 선물한 향을 음미하는 것이다."라고 한 것을 되새
길 필요가 있다.

또한 김정운 교수의 "폭탄주 문화는 집단 자폐증상이다.", "폭탄
주를 많이 마시는 사람은 암에 안 걸린다. 암에 걸리기 전에 죽기
때문이다."라는 말을 기억해 주었으면 하는 바람이다.

전통 약주(청주)

『규합총서(閨閤叢書)』에 "밥 먹기는 봄같이 하고, 국 먹기는 여름
같이, 장 먹기는 가을같이, 술 먹기는 겨울같이 하라."는 말이 있듯
이 약주는 8℃ 정도로 차게 해서 마시는 것이 좋다. 마시는 동안 온
도가 변화되지 않도록 얼음 그릇에 넣어두고 마시면 더욱 좋다. 다
만 무거운 맛과 향을 좋아하는 사람은 덜 차게(15℃ 정도) 해서 마
시는 것이 좋다. 겨울에는 취향에 따라 따끈하게 데워 마시면 독특
한 맛을 느낄 수 있다.

약주는 물론 희석식 소주의 술병을 열자마자 술을 따르지 말고 마
개를 딴 후 병의 윗부분에 있는, 숙취 등을 유발하는 가스가 날아가
도록 1분 정도 기다린 다음 잔에 술을 따라야 한다. 흔히 병을 따자
마자 상사에게 "한 잔 하십시오!"라고 하면서 술잔을 건네는 것은

빨리 저 세상으로 가시라는 것과 유사하다는 점을 명심해야 한다.

약주를 마시는 용기에는 잔(盞)과 배(盃)가 있다. 배는 일반적으로 크고 손잡이가 있으며, 잔은 작은 것이다.

온도 변화를 줄이기 위해 도자기 잔을 사용하는 것이 좋고, 유리잔을 사용할 때는 손잡이가 있는 잔을 사용해 체온이 술의 온도를 높이지 않도록 해야 한다.

다만 일본식 청주, 사케는 향미가 풍부한 술이므로 와인 잔의 일종인 끝부분이 오므려져 있는 큰 잔에 마시는 것이 좋다. 또한 사케의 라벨에는 2가지 숫자가 있는데, 하나는 알코올 도수(보통 13~14도)를 나타내며, 다른 하나는 일본 주도(酒度)인데 이는 청주의 단맛(아마구치; 甘口)과 신맛(카라구치; 辛口)을 기준으로 한 수치다. +20˜ −15까지이며, +20이란 전혀 달지 않고 톡 쏘는 맛의 청주를, −15는 단맛이 매우 강한 청주를 의미한다. 따라서 독자의 맛에 대한 취향에 따라 적절한 선택이 요구된다.

술 종류에 따라 즐기는 방식에 차이가 있지만, 공통적인 점은 다음의 7단계를 연속동작으로 진행하는 것이다. 술 초보자라면 각 단계를 의식하면서 자연스레 연속동작으로 이어지도록 하는 연습이 필요할 것이다.

1단계: 눈으로 술의 색깔을 즐김

2단계: 술이 자연적으로 내뿜는 향을 맡음

3단계: 숨을 들이키며 향에 숨겨진 내면의 향을 찾음

4단계: 혀끝으로 술맛을 느낌

5단계: 술을 입 안 가득 퍼뜨림

6단계; 술을 목에 넘기며 술맛을 다시 음미함

7단계: 여운을 즐김

[꿀팁]막걸리의 기능성과 오덕(五德)

일본의 이마야스 사토이(今安 聰) 박사가 저술한 『감춰진 청주의 건강 효과』라는 책에서 탁주의 효능 부분만 '배상면연구소'에서 발췌한 내용을 요약하면 다음과 같다.

1. 탁주에 많이 포함된 식이섬유는 장을 통과하면서 발암물질, 고혈압과 동맥경화의 원인이 되는 물질 등을 흡착하므로 대장암 예방에 효과가 있다.

2. 탁주의 혼탁 부분인 주박(酒粕)에는 암세포를 죽이는 작용을 하는 성분은 물론 당뇨병의 예방과 비만 방지에 효과가 있는 성분을 함유하고 있다.

3. 탁주에는 면역력을 높이는 성분이 포함되어 있다.

4. 탁주의 효모 속에 있는 글루타치온(Glutathione)은 간장(肝臟)에서의 해독작용이 있고, 발암성 화학물질과 결합함으로써 세포가 암으로 진화되거나 알코올성 지방간으로 진화되는 것을 억제하는 효과도 있다.

허준은 『동의보감』에서 누룩은 비장을 강하게 하며, 소화를 돕고, 염증을 다스려 설사와 이질을 멎게 하는 효과가 있고, 막걸리는 어혈을 풀어주는 효과가 있다고 했다.

막걸리는 다섯 가지의 덕(五德)을 가지고 있다고 한다.

첫째는 취하지만 인사불성이 될 정도로 취하지는 않는다. 둘째는 새참으로 마시면 요기가 된다. 셋째는 힘이 빠졌을 때 기운이 나게 한다. 넷째는 안 되던 일도 마시고 나면 넌지시 웃게 된다. 다섯째는 더불어 마시면 맺혀있던 응어리가 풀린다.

술잔과 술병의 풍류

술잔

위스키, 브랜디, 와인, 맥주 술잔에 대한 것은 앞서 언급했으므로 여기서는 동양의 술잔, 특히 우리 전통 술잔에 대해 정리해보도록 한다.

동양의 술잔은 모양이나 소재가 무척 다양하다. 술잔의 소재에 따라 이름이 달랐는데, 옥, 수정, 돌 등 석재를 사용한 것은 잔(琖)이라고 했고, 토기와 백자 등 흙을 구워 만든 것은 배(坏), 나무로 만든 것은 배(杯), 금이나 은 등 금속으로 만든 것은 작(爵)이라고 했다.

도자기로 만든 것으로 굽이 있는 술잔은 잔(盞) 또는 배(盃)라고 했다. 술잔의 크기에 따라 이름이 달랐는데, 조선 후기의 실학파 이익(李瀷)이 저술한 『성호사설』주기보(酒器譜)에는 "한 되들이* 잔은 작(爵), 두 되들이 잔은 고(觚), 세 되들이 잔은 치(觶), 네 되들이 잔은 각(角), 닷 되들이 잔은 산(散)이라 한다."라고 했다.

*'되'는 승(升)이라고도 하며, 옛날의 한 되는 현재의 두 홉에 해당함.

중국에는 특이한 술잔이 있었는데, 연나라 때는 연잎을 원추형으로 말아 술잔(벽통배)을 만들고 엽경(연의 줄기)을 통해 빨아 마시는 벽통음(碧筒飲)이란 것이 있었고, 당나라 시기에는 기생의 신발에 술을 따라 마시는 화혜배(靴鞋杯: 신발잔)라는 것도 있었으며, 원나라 때는 기생에게 술을 머금게 한 다음 그 술을 빨아 마시는 해어배(解語杯)*라는 것도 있었다고 한다.

*해어화(解語花)가 미인 또는 기생을 뜻하므로 이를 해어배라고 한 것임.

우리나라 신석기시대에는 토기로 만든 것과 짐승의 뿔로 만든 각배(角杯)가 나왔고, 고조선에 이르러서는 술잔 양쪽에 손잡이가 달린 '귀잔'이 사용되었다. 삼국시대에는 말 위에서 술을 마실 때 사용한 마상배(馬上杯)가 선보였다.

신라에서는 손잡이가 양쪽에 있는 굽이 낮은 잔과 손잡이가 한쪽에만 있는 굽이 높은 잔이 있었으며, 잔의 몸통 부분에 영락(瓔珞: 구슬을 꿰어 만든 장식물)을 매단 영락잔(瓔珞盞)이 있었다. 또한 목이 길고 이중구조로 된 몸통 안에는 흙방울(土鈴)이 있어 흔들면 방울 소리가 나는 영배(鈴杯)가 있었는데, 현재 원샷을 하고 잔을 흔들면 방울 소리가 나는 '방울잔' 또는 '딸랑잔'의 원형이다.

술잔의 소재로는 금, 은, 도기, 유리 등이 있었다. 고려시대에는 도자기로 만든 술잔이 등장하였고, 조선시대에는 도자기 잔 외에 옥잔, 금잔, 은잔, 표주박잔, 가죽잔, 조개껍질잔, 죽통(竹筒)잔, 종이노끈잔 등 소재가 엄청나게 다양화되었다. 형태로는 복숭아형, 달팽이형, 탕기형, 조롱박형, 조개형, 앵무새 부리형 등이 있었다.

특이한 술잔으로는 조선조 순조-경종 시절 하백원 또는 도공 우명옥이 발명하였다는 계영배(戒盈杯: 넘침을 경계하는 잔)가 있다. 이 술잔의 특징은 술을 잔의 7할 정도까지 따르면 잔에 술이 그대로 있지만, 술을 가득 따르면 잔의 술이 모두 빠져버려 빈 잔이 되는 것이다. 이같이 되는 이유는 술잔을 이중구조로 만들어 여기에 '사이펀의 원리'를 적용하였기 때문이다. 조선 후기 인삼의 거상(巨商)이었던 임상옥(林尙沃, 1779~1855)이 항상 이 잔을 베갯머리에 두고 지나친 욕심을 자제했다는 일화로도 유명하다.

계영배(경남신문. 2015. 4. 17. 참조)

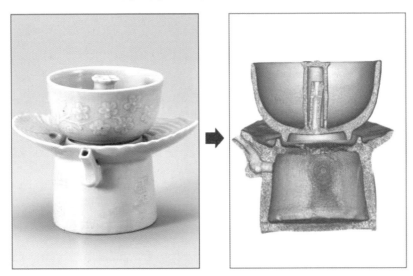

필자 소장의 특이한 술잔

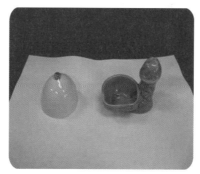

달잔(막걸리를 따르면 점차 초승달에서 반달을 거쳐 보름달이 됨)

　필자가 44년 전 입대 후 훈련병 생활을 마치고 자대에 배치되었을 때는 '얼차려'가 흔했다. '얼차려'가 끝나면 고참병들이 술을 발 냄새가 심하게 나는 신발에 따라주고 마시게 했다. 그때의 악몽을 씻어냄은 물론 술 종류나 술 마시는 날의 분위기에 따라 어울리는 술잔이 있다고 느꼈기 때문에 국내외 출장 때마다 눈에 띄는 술잔을 300여 개 정도 수집하였다.

　술자리를 할 때마다 인원수에 맞춰 각기 다른 잔을 들고 나가 저마다 원하는 잔을 선택하게 하였더니 역시 술자리가 훨씬 밝아지는 느낌이 들었다. 다만 술자리가 끝날 때마다 술잔이 한두 개씩 사라지는 것이 문제였다. 결국 몇 번의 시행착오 끝에 이제는 술잔을 들고 나가는 것을 포기하고 말았다.

[꿀팁] 술잔의 크기

　우리나라 희석식 소주의 알코올 도수는 최근 17도까지 내려왔다. 평균적으로 20~25도 수준임에 반해, 맥주의 알코올 도수는 평균 7도 이하(물론 '쇼르쉬'라는 맥주는 57도임)이다. 하지만 맥주잔의 크기는 소주잔보다 훨씬 크다. 해서 "술잔 1잔에 담기는 술의 양은 차이가 있지만, 그 속에 들어있는 알코올의 양은 거의 같다."라는 말이 나왔다.

"우리나라의 희석식 소주 1병에서 7잔이 나오는 이유는 몇 명이 마시든지 각 1병씩 마시도록 하기 위한 것이다."라는 말도 있다. 2명이 소주를 마시면 각자 3잔씩 마시면 아까운 1잔이 남아 1병을 더 시키게 되고, 다시 4잔씩 마시면 소주병 바닥이 보이게 된다. 결국 각 1병씩이다. 3명이 마실 때도 결과는 같다. 각자 2잔씩 마시고 1잔이 남아 1병을 더 사게 되고, 2잔씩 더 마시면 2잔이 남아 다시 1병을 주문하여 3잔씩 마시면 바닥이 보인다. 역시 각 1병이다.

술병

술병은 술을 담는 그릇이면서 동시에 제사 등 신성한 의식에 사용하기 때문에 실용성과 아름다움을 모두 갖추도록 만들었다. 우리나라 고대 유적지에서는 토기로 만든 술병이, 삼국시대에는 유리와 도자기로 만든 술병이 발굴되었다. 고려 시대에 들어와서는 술병의 재질이 금, 은, 청동, 도자기 등으로 확대되었다. 조선 시대에는 모양, 장식, 재질 측면에서 다양한 술병이 등장한다. 동식물 모양에 사군자, 십장생, 글씨 등으로 장식한 술병 이외에도 휴대용으로 많이 사용되었을 나무 또는 가죽으로 만든 술병이 나타났다.

독특한 술병으로는 자루가 긴 조롱박 또는 아래가 크고 둥글며 허리 부분이 좁아졌다가 다시 볼록한 모양의 표주박 등으로 만든 '호로병(葫蘆瓶)', 장수를 의미하는 자라 모양의 '자라병', 술이 나오는 구멍이 2개 달린 토기병 등이 있다. 귀중한 국보로 지정된 술병

중에는 '청자양각 대나무무늬 병', '화청자 양류문 통형 병', '백자상감 초화문 편병', '청화백자 철사진사 국화문 병' 등이 있다.

서양의 경우 19세기 이전까지는 주로 나무 또는 도자기로 만든 술병을 사용했으며, 이중 가장 비싼 술병은 4kg의 백금과 황금, 6,500개의 다이아몬드로 장식해 꼬냑을 담은 '헨리 4세 두도뇽'이라고 한다.

1850년대 초반에 이르러 유리병에 담은 스카치위스키가 판매되기 시작했다. 이후 술병이 종 모양, 자동차 모양 등 다양한 모양으로 발전함과 동시에 크리스털 술병도 등장하기 시작했다. 유리병이 상용화됨에 따라 라벨 디자인 경쟁이 치열해졌다. 병에 담긴 술의 역사 및 생산 지역 등을 상징하는 이미지, 술의 명성을 나타내는 상징물, 해당 술을 즐기는 유명 화가의 그림 등이 레이블에 등장하면서 예술작품의 경지로까지 나아가고 있다.

스카치위스키의 술병

[꿀팁] 스카치위스키와 맥주병의 독특한 라벨

더 글렌리벳(The Glenlivet)사에서 생산하는 '로얄 살루트(Royal Salute; 왕의 예포)'는 현재 영국 여왕 엘리자베스 2세가 5세 때, 21년 후에 있을 그녀의 대관식을 위해 준비하여 오크통에서 21년 동안이나 숙성된 것이다. 도자기로 된 병 표면에는 스코틀랜드의 에든버러 성 방어에 사용되었던 대포인 '몽즈 메그'와 스코틀랜드의 가장 용감한 전사인 '로버트 더 브루스'의 모습이 있다.

'발렌타인' 라벨에는 스코틀랜드 국기와 함께 중심 부분에 있는 방패에는 위스키의 4대 요소인 보리·물·오크통·증류소 그림이 있다. '조니 워커'에는 1820년 탄생 이후 계속 걷고 있다는 의미에서 '걸어가는 신사'의 모습과 'Born 1820 Going string'이란 문구가 있다.

'글렌피딕'은 게일어인 계곡(Glen)과 사슴(Fiddich)으로 '사슴의 계곡'이란 뜻이어서 라벨에 사슴이 그려져 있다. '맥캘란'은 오래된 역사를 상징하기 위해 1700년대 맥캘란 증류소 옆에 세워진 저택을 라벨에 담고 있다.

영국의 에일 맥주인 '바스'의 라벨에는 붉은 삼각형이 있는데, 이는 입체파 화가인 파블로 피카소에게 영감을 주어 피카소는 〈바이올린과 바스 맥주〉, 〈바스 병과 잔〉 같은 작품을 여러 점 남겼다고 한다.

벨기에의 밀맥주인 '호가든'의 라벨에는 맥주잔을 든 아담과 술 향기를 맡는 이브의 그림이 있는데, 이는 16세기 바로크 미술의 거장 페테르 파울 루벤스의 '아담과 이브'를 패러디한 것이라고 한다.

벨기에의 에일 맥주인 '레페'의 라벨에는 황금색 문양이 있는데, 이는 '레페'가 1204년 벨기에의 노트르담 드 레페 수도원에서 탄생한 것을 기념하여 성당 탑의 스테인드글라스 문양을 본뜬 것이라고 한다. 덴마크의 '칼스버그'는 20세기 가장 위대한 물리학자이며 맥주를 즐겼던 아인슈타인의 이미지를 넣고 있다.

중국의 경우 도자기로 만든 술병과 백주 제조가 시작된 시기는 원나라 때로 이 시기에 백주가 담긴 푸른색 또는 붉은색 안료를 사용한 화려한 색채의 술병이 등장하였다. 청나라 때에는 소삼채*와 법랑**을 이용한 술병이 나왔다.

*자기 표면에 황색, 녹색, 자색의 세 가지 색깔의 잿물을 발라 굽는 방식.

**자기 표면에 발라 밝은 윤기가 나게 하는 유리질 유약.

하지만 중화인민공화국이 들어서면서 화려했던 술병은 사라지고 밋밋한 병에 상표만 차이가 있는 시대가 되었다. 1970년대 말 개혁·개방이 시작되면서 해외시장을 겨냥한 다양한 술병이 다시 움트기 시작하여 1980년대 중반에는 '우량예'가 크리스털 유리 술병을 출시하였다. 1990년대 이후에는 술병의 형태, 재질, 문양, 레이블 등이 더욱 다양화되고 있음은 물론 소장 가치가 큰 술병을 모으는 수집가들이 늘어나고 있다.

1995년 우리의 증류식 소주의 판매가 재개될 때까지 일제강점기 이후부터 우리나라의 술병은 희석식 소주를 담은 단순한 유리병과 페트병에 담긴 막걸리 수준을 벗어나지 못하고 있었다.
물론 맥주도 유리병에 담기는 하였지만, 홉이 빛에 노출되면 맥주의 맛이 달라질 수 있으므로 어쩔 수 없이 자외선을 차단하는 갈색 병에 담았다.

　도자기로 된 술병이 증류식 소주와 함께 재등장하고, 2000년대 이후에는 유리병의 형태가 다양해지는 변화가 이루어지고 있다. 최근에는 수묵화, 글씨, 예술가의 그림 등을 라벨에 넣은 현대적 감각의 술병*의 등장이 고무적이긴 하지만, 술병의 재질 또는 형태를 볼 때 소장 가치가 있는 것을 찾기 어렵다.

　*장욱진 화백의 그림 〈일일시호일〉이 들어간 '문배술', 전미화 동화작가의 〈으랏차차〉를 사용한 '희양산 막걸리', 핀란드 출신 밀라(Milla Niskakoski)와 노르웨이 출신 앨런드(Erlend Storsul Opdahl)의 공동작품을 넣은 '추성주' 등이 있음.

　조선 시대까지 뛰어났던 우리의 술병이 서양은 물론 중국에까지 뒤지고 있는 가장 큰 이유는 술에 대한 종가세(從價稅) 때문이다. 2020년부터 맥주와 막걸리에 대해서는 종가세에서 종량세(從量稅)로 전환하였지만, 비싼 술이라 할 수 있는 우리의 증류식 소주는 아직도 종가세 적용을 받고 있어 품질이 뛰어난 술을 생산하기 어려울 뿐만 아니라, 소장하고 싶을 만큼 멋진 술병에 담고 싶어도 담을 수 없는 것이 현실이다.

술과 안주의 궁합

　술과 어울리는 음식의 궁합을 '마리아주(Mariage)' 또는 '푸드 페어링'이라고 하는데, 프랑스어인 '마리아주'는 와인에만 사용하는 것이 일반적이다.

　여기서 말하는 음식은 식사와 안주 모두를 포함하는데, 안주는 술 마실 때의 요리를 말하며 음저(飮儲)라고도 한다.

　안주(按酒)의 안(按)은 '누를 안, 어루만질 안'의 뜻이므로 안주란 술(酒)의 독기, 즉 숙취의 요소를 줄여준다는 것이다. 하지만 안주에는 그럴 듯한 것만 있는 것이 아니라 나물로 차린 초라한 안주인 '거섶안주', 침을 안주로 강술(깡술이 아님)을 마시는 '침안주'도 있다. 아무튼 "안주 안 먹으면 사위 덕 못 본다."는 속담은 안주 없이 술을 마시면 더욱 취하게 된다는 점을 경계하는 말이다.

　위스키와 브랜디는 향을 즐기고 일반적으로 식후에 마시는 술이므로 별도의 안주가 필요 없다고 할 수 있다. 무언가 섭섭한 생각이 들 수도 있으므로 견과류 또는 냄새가 적은 치즈와 함께 마시는 것도 좋으나 과일류는 피하는 것이 바람직하다. 만약 식사를 같이할 때는 육회와 버터를 사용한 요리 등을 추천할 만하다.

　세계의 모든 코스 요리의 공통점은 전채 요리(에피타이저 또는 오르뒤브르), 메인 요리, 후식으로 구성된다.

전채 요리는 식욕을 자극하기 위해 일반적으로 신맛이며, 육류 또는 어패류로 만든 메인 요리를 지나면 소화를 돕고 입맛을 정리해 주는 단맛의 후식을 만나게 된다.

와인 역시 이 같은 요리와 궁합이 맞아야 하므로 전채 요리와 함께하는 식전주(Aperitif)로는 신맛이 강한 와인이나 화이트와인 또는 드라이한 스파클링 와인*이 적절하다. 대표적인 것으로 강화 와인인 스페인의 '쉐리'와 포르투갈의 '포트', 각종 향료 식물을 첨가한 이탈리아의 '베르무트' 등을 꼽을 수 있다. 특히 스파클링 와인의 기포는 위벽을 자극해 식욕을 돋궈준다.

*발효가 끝난 화이트와인을 탄산가스를 잃지 않게 하면서 침전물을 제거하기 위해 병목을 순간 냉동시켜서 침전물과 샴페인을 얼린 다음 코르크 마개를 빼고 침전물을 꺼냄. 여기에다 당분과 효모를 넣고 임시 병마개를 씌운 후 보관하면 다시 재발효해 탄산가스가 발생하면서 투명한 스파클링 와인이 탄생하게 됨.

테이블 와인의 경우 소고기에는 탄닌 성분이 많아 떫은 레드와인이 어울리고 돼지고기에는 신맛 나는 레드와인이 더 어울린다.

단백질은 떫은 맛을 중화시켜 주고, 신맛은 느끼한 맛을 없애 주기 때문이다. 육류 자체는 산성이지만 우리가 섭취해 분해되었을 때는 알칼리성이 되므로 육류에 와인을 함께 하는 것은 체질의 산성화를 방지해준다.

닭과 같은 가금(家禽)류의 요리에는 묵직한 화이트와인 또는 로제 와인이 어울리며, 어패류의 요리에는 가벼운 화이트와인이 좋다.

후식과 함께하는 디저트와인(Dessert Wine: 식후주)으로는 아이스 와인, 귀부와인 등 단맛이 강한 와인을 반 잔 정도 곁들이되 다른 와인(10~15℃)보다 조금 차게 해서 마시는 것이 좋다. 이는 단맛이 식사 중에 먹은 여러 가지 맛을 보자기처럼 싸서 정리해 주기 때문이다.

[꿀팁] 와인과 음악의 궁합

2000년대에 들어서면서 와인을 즐기는 새로운 트렌드는 와인 종류에 어울리는 음악의 선택이다. "음악이 와인의 맛을 좌우한다."는 가설이 2008년 영국의 에이드리언 노스 교수에 의해 증명되었다. 연구 결과는 특정 음악을 들었을 때 해당 와인의 맛이 최대 60%까지 증가한다는 것이었다.

'카베르네 쇼비뇽'을 원료로 한 와인은 웅장한 음악과 어울리며, '쉬라'로 만든 와인은 힘 있고 개성이 있는 오페라와 궁합이 잘 맞는다고 한다. '메를로' 와인에는 감미롭고 로맨틱한 음악이 좋고, '샤르도네'를 사용한 와인에는 템포가 빠른 음악이 걸맞고, '리스링'으로 빚은 와인은 서정적이며 아름다운 뉴에이지 음악과 조화가 맞는다고 한다.

맥주의 경우 '치맥'만을 고집스럽게 외치기보다는 맥주의 종류에 따른 현명한 선택이 필요하다. 라거 맥주는 과일, 해산물, 샐러드와 어울리고, 에일 맥주는 피자, 스테이크, 튀김류, 흑맥주는 소시지, 햄 등과 궁합이 맞는다.

[꿀팁] 왕관 병뚜껑(Crown Cork)

맥주병의 뚜껑은 21개 주름이 잡힌 왕관 모양인데, 이는 1892년 아일랜드 출신 미국인 윌리엄 페인터가 발명한 것이다. 맥주의 대량 생산과 유통에 절대적으로 필요한 것은, 발효가 끝난 맥주를 병에 담은 후 완전히 밀봉하는 것과 효모를 열처리(또는 여과)하여 죽이는 것이라 할 수 있다. 19세기 초반 개발된 병 포장 기술은 완전히 밀봉되지 못하는 문제점이 있었는데, 페인터의 발명은 '신의 한 수'가 되었다. 이에 따라 병의 크기도 규격화되었고, 페인터가 특허를 받은 병뚜껑은 지금도 전 세계에서 사용되고 있다.

중국의 백주는 향에 따라 대체로 5가지로 분류할 수 있다. 농향(濃香)형은 향이 짙고 맛은 달고 부드러우며 끝맛이 오래가는 특징이 있다. 장향(醬香)형은 향이 진하며 뒷맛이 오래 남고 누룩 향이 강해 간장 비슷한 복합적인 향이 난다. 청향(淸香)형은 술이 맑고 투명하며 맛은 감미롭고 상쾌하게 어우러지는 특징이 있다. 겸향(兼香)형은 청향형, 농향형, 장향형이 함께 섞인 것 같은 특징이 있다. 미향(米香)형은 쌀 향이 강하고, 맛은 그윽하고 입안에서 살살 녹는 특징이 있다.

중국술의 70% 정도가 농향형이며, 15% 정도는 청향형이라고 한다. 백주 중 우량예, 양하대곡, 연태고량주, 공부가주 등과 같은 농향형은 육류 및 기름진 음식, 특히 육수나 육즙의 향을 느낄 수 있는 요리가 어울린다.

마오타이, 랑주 등 가장 향이 강한 장향형 백주는 향이 특이하거나 아니면 담백한 요리가 잘 맞는다.

분주, 이과두주 등 향이 적은 청향형 백주에는 담백한 채소요리가 어울린다. 미향형 백주는 새우, 게, 전복 등 어패류를 많이 사용하는 광동식 요리가 궁합이 맞는다.

우리 전통주의 경우 식사하기 전의 반주(飯酒)로는 단맛이 적고 적당한 산미가 있는 것이 좋다.

식사와 함께하는 경우 술의 종류별로 주당들이 안성맞춤으로 어울린다고 추천하는 안주는 다음과 같다.

막걸리 : '홍탁 삼합', 빈대떡 등 전류, 백김치 또는 물김치, 순대 및 국밥.

매실주 : 생선회, 골뱅이무침.

증류식 쌀 소주(화요, 안동소주, 문배주, 미르40, 송로주) : 육류, 순대, 백숙.

서울의 향온주 : 양동구리(양으로 만든 완자 모양의 전)와 배추전.

삼해약주 : 다식(북어포, 육포, 흑임자, 오미자, 달걀노른자).

삼해소주 : 잣을 곁들인 육포, 호두튀김, 깨보숭이, 김부각.

송절주 : 동아(동과, 冬瓜) 정과(正果).

인천 삼양춘 : 문어숙회.

파주 아황주 : 두부전골과 굴전.

평택 천비향 : 닭볶음탕.

안산 그랑꼬또 청수 와인 : 조개구이.

양평 허니비 와인 : 단호박 오리구이.

설화 : 등심 스테이크.

풍정사계(춘) : 비름나물과 깻잎나물.

영월 동강더덕주 : 다슬기무침.

오미자로 만든 '오미로제' 스파클링 와인 : 송어회, 고등어구이,

닭 훈제구이.

　논산 왕주 : 오계탕.

　계룡백일주 : 쪽갈비.

　논산 능이 : 쇠고기 스테이크.

　천안 두레앙 브랜디 : 석(石)갈비.

　면천두견주 : 진달래 화전.

　청양 구기자주 : 구기자갈비전골.

　예산 추사40 : 붕어찜.

　괴산 홍삼명주 : 쏘가리매운탕.

　보은 송로주 : 능이백숙.

　충주 청명주 : 새뱅이매운탕.

　삼양춘 : 육전과 방풍나물.

　전주 이강주 : 물갈비.

　담양 석탄주(惜呑酒) : 메기찜.

　칠곡 설련주 : 채소전.

　교동법주 : 한우물회.

　함양 솔송주 : 갈비찜.

　제주 오메기술 : 냉이튀김.

　고소리술 : 각재기(전갱이)튀김, 양념 등갈비찜.

[꿀팁] 한식 세계화에 대한 아쉬움

　이명박 정부 시절 우리의 뛰어난 음식인 한식을 세계에 알리기 위한 정책이 대대적으로 추진되었다.

　사실 우리는 세계적으로 널리 알려진 장수식품인 김치류, 장류, 젓갈류 등 발효식품을 가장 많이 갖고 있어 한식을 세계화하는 데

이화주와 상차림

필요한 탄탄한 토대를 지니고 있다. 김치, 비빔밥 등을 알리는 데는 성공했지만, 실제로 우리나라가 얻은 것은 별로 없는, 다시 말해서 명분은 얻었지만, 실속이 없었다는 게 필자의 솔직한 진단이다.

1980년대 초 필자가 미국에서 유학하던 시절, 미국인들은 회와 같은 날생선은 입에도 대지 않았다. 1980년대 중반 일본은 '스시'를 앞세워 자국 음식의 세계화를 추진하였다.

결과는 대성공이었다. 2000년대 이후 미국은 물론 유럽 어디서나 '스시'를 파는 곳을 만날 수 있다.

그렇다면 이를 통해 일본이 얻은 것은 무엇일까? '스시'의 주원료인 일본산 생선과 쌀이 많이 수출된 것이 아니다. 나무로 만들어진, '스시'를 담는 그릇과 젓가락, 일본산 간장, '스시'와 어울리는 일본의 대표적 술인 '사케'의 수출이 급증했고, 특히 '사케'는 세계적으로 유명한 술로 이름을 올리게 된 것이다.

음식(飮食)은 마실 음(飮), 먹을 식(食), 즉 마시는 것과 먹는 것을 모두 포함하는 개념이며, 마시는 것의 대표주자는 바로 술이다. 기름진 식사가 많은 중국에서는 증류주인 백주가, 채식이 많은 한국과 일본에서는 양조주(발효주)인 약주와 청주(사케)가 발전되어 왔음을 알 수 있듯이, 어느 나라건 먹는 식(食)의 종류에 따라 이에 딱 들어맞는 술이 있게 마련이다.

한식 세계화에서 우리가 간과했던 점은 바로 술이다. 우리나라 요리에 맞는 다양한 우리의 술을 함께 홍보하지 못한 것은 패착이었고, 결과적으로 실속을 차리지 못했던 셈이다.

술친구(주도, 酒徒)

　중국의 한 문인은 "꽃을 즐기려면 도량이 넓은 벗이 있어야 하고, 산을 오르는 데는 로맨틱한 벗이 필요하며, 술자리에는 풍미(風味)와 매력이 있는 벗이 있어야 한다."고 하였다.

　조선 중기의 문인 허균(1569~1618)은 『한정록(閑情錄)』에서 바람직한 술친구의 12가지 기준을 제시하고 있다.

1. 말을 잘하면서도 아첨하지 않는 사람
2. 기백이 부드러우면서 쉽게 쏠리지 않는 사람
3. 눈짓으로 하는 주례(酒禮)를 보고도 되풀이가 필요하지 않은 사람
4. 주례(酒禮)가 시행되면 곧 좌중에서 호응하고 나서는 사람
5. 주례(酒禮)를 들으면 즉시 이해하여 재차 문의하지 않는 사람
6. 고상한 해학(유머)을 잘 아는 사람
7. 좋지 않은 술잔을 차지하고도 아무 말이 없는 사람
8. 술을 받고서 술이 좋고 나쁨을 말하지 않는 사람
9. 술을 들면서 기동에 실수가 없는 사람
10. 만취가 되었을 때도 술잔을 둘러엎지 않는 사람
11. 제목에 따라 시를 지을 수 있는 사람
12. 술을 이기지 못하면서도 흥취가 밤새도록 일어나는 사람

그야말로 하늘의 별 따기다. 현대생활에서 12가지 기준을 모두 충족하는 술친구를 만나야 한다면 좋은 술벗과 술을 마시는 즐거움은 포기해야만 할 것이다.

술을 끊을 수는 없을 테니 기준을 낮춰 잡는 지혜가 필요하겠다. 가장 좋은 술안주가 술자리를 함께 하는 사람이다.

허균은 『성소부부고(惺所覆瓿藁)』에서 술꾼의 자세에 대해서도 언급하고 있다.

"기뻐서 마실 때는 절제가 있어야 하며, 피로해서 마실 때는 조용해야 하고, 점잖은 자리에서 마실 때는 소쇄한(기운이 맑고 깨끗함) 자세를 지켜야 한다. 난잡한 자리에서는 규약이 있어야 하고, 새롭게 만난 사람과 마실 때는 진솔하며 품위가 있어야 한다. 잡객(雜客)들과 마실 때는 꽁무니를 빼야 한다."*

*신정일, 풍류, 옛사람과 나누는 술 한잔, 한얼미디어, 170-171 쪽.

또한 술 마시기 좋은 경우와 삼가야 할 때를 설명하고 있다. 마시기 좋은 경우는 "시원한 달이 뜨고 좋은 바람이 불거나 시기에 맞는 눈이 내리는 때, 꽃이 피고 술이 익을 때, 우연한 계기로 술이 마시고 싶을 때, 조금 마시고도 미친 흥이 도도할 때, 처음에는 울적하다가 다음에는 화창하여 대화가 무르익을 때" 등 5가지 경우를 들고 있다. 술 마시는 것을 피해야 할 때는 "날씨가 찌는 듯하고 바람이 조열할 때, 정신이 삭막한 때, 주객이 서로 견제할 때, 분주하며 시간 여유가 없을 때" 등 10가지 경우라고 한다.*

*신정일, 풍류, 옛사람과 나누는 술 한잔, 한얼미디어, 171쪽.

영국의 극작가 토마스 마틴은 술꾼의 유형을 8가지로 구분하였다.

1. 원숭이형: 유쾌하게 노래하거나 춤을 추며 마시는 유형
2. 사자형: 술잔을 던지거나 싸움을 하는 등 난폭한 유형
3. 돼지형: 둔하고 술을 마신 지 얼마 되지 않아 잠이 드는 유형
4. 양형: 꼬치꼬치 따지는 유형
5. 산양형: 여자에게 장난을 치는 등 호색적인 유형
6. 여우형: 자꾸 남에게만 술을 권하는 유형
7. 기숙사형: 사소한 일에도 감동하여 우는 유형
8. 성 마틴형: 술에 취하고도 취하지 않았다고 우기는 유형

또한 술꾼을 술잔에 비유한 것도 있다.

1. 번개 술잔: 자신의 술을 바로 비우고 상대방에게 빨리빨리 돌리는 술잔
2. 제사 술잔: 술잔을 받아놓고 오랫동안 마시지 않고 고개만 숙이고 있는 유형
3. 곡주(哭酒): 술잔이 넘치도록 따라주어도 마시지 않고 있는 우는 술잔
4. 두꺼비 술잔: 술을 주는 대로 넙죽넙죽 잘 받아 마시는 유형
5. 쌍 잔: 술잔을 두 잔 이상 받아놓고 마시는 유형
6. 고래 술잔: 큰 잔에 술을 가득 부어 벌컥벌컥 마시는 유형

술자리에 따르는 올바른 음주 자세를 익히면 원만한 인간관계, 많은 술자리 등 뜻하지 않은 행운을 만날 수 있다. 함께한 술친구가

어떠한 유형인지 파악해보는 즐거움도 찾아보고, 술자리에 현명하게 대처함은 물론 다음번 술자리의 주도(酒道) 선택에 반영하는 지혜가 필요하다.

[꿀팁] 대포 한 잔

대학 시절의 하숙생활은 자유로웠던 추억과 함께 춥고 배고팠던 기억이 교차한다. 저녁 10시 정도가 되면 출출해져서 근처의 친구를 찾아 "대포 한 잔 어때?"하고 소매를 잡아당기면 거절당한 기억이 거의 없다. 요즈음은 거의 볼 수 없지만, 당시 대폿집에서는 큰 사발(현재의 냉면 그릇보다 다소 작음)에 막걸리를 찰랑찰랑할 정도로 담아주고 안주로는 작은 보시기에 김치가 나왔다. 한 잔 가격은 버스요금과 비슷한 20원, 한잔 을 '원샷'하면 취기도 즐기고 용돈도 아끼는 일석이조였다.

'대포(大匏)'는 큰 술잔을 뜻하는 동시에 술 자체를 의미하기도 한다. 대포라는 술 문화는 보부상(褓負商) 집단에서 조직의 결속과 동료애를 다지기 위해 대폿잔을 돌린 데서 나왔다고 한다. 또한 생사고락을 함께하기로 약속한 사이를 '대포지교(大匏之交)'라고 한다. 대폿집과 대포지교가 그리워지는 세상이다.

주당(酒黨)의 상식과 품격

청나라의 오교(吳喬)는 산문을 쓰는 것은 밥을 짓는 것과 같고(문유지취이위반; 文喩之炊而爲飯), 시를 쓰는 것은 술을 담그는 것과 같다(시유지양이위주; 詩喩之釀而爲酒)고 했다.

의미 전달을 분명하게 하는 언어를 쓰는 산문은 쌀의 형태를 유지하는 밥과 같고, 언어를 변형시켜 완곡하고 함축적으로 표현하는 시는 술과 같다는 멋진 비유다.

술의 다른 이름은 여러 가지가 있다.

'망우물(忘憂物)'이라는 말은 술이 근심 걱정을 잊게 해 준다는 뜻이다. 소수추(掃愁帚)는 근심을 쓸어내는 빗자루라는 뜻이며, 조시구(釣詩鈎)는 시구(문장)를 떠올리는 낚싯대라는 의미이다. 술을 이용한 일종의 기술로 조주술(釣酒術)이란 것이 있는데, 낚싯밥처럼 작은 술대접을 하면 큰 술을 얻어 마실 수 있다는 것이다.

주중진리(酒中眞理)란 '술 속에 진리가 있다.' 또는 '술은 사람의 거울이다.'라는 것이다. 조선 후기 실학자 이덕무(1741~1793)는 "훌륭한 사람이 취하면 착한 마음을 드러내고, 조급한 사람이 취하면 사나운 기운을 드러낸다."고 했다.

'주불강권(主不强勸) 객불고사(客不固辭)'라는 말은 술을 나눔에 있어 억지로 권하지도 말고, 지나치게 사양하지도 말라는 뜻으로 주당이 가져야 할 바람직한 품격을 표현한 것이다.

유대인의 정신적 지주가 되는 책『탈무드』에도 술에 관한 격언이 없을 리 없다.

첫째, 위장의 3분의 1은 먹을 것으로 채우고, 3분의 1은 마실 것으로 채우고, 나머지 3분의 1은 비워두어라. 위장은 두뇌와 달라서 한없이 채울 수 없기 때문이다.

둘째, 한 사람이 "당신은 취했소." 하거든 조심하라. 두 사람이 그렇게 말하면 마시는 속도를 늦추고, 세 사람이 그렇게 말하면 자리에 누워라.

셋째, 술에 취한 사람이 물건을 팔았다고 해도 그 매매 행위는 효력이 있고, 술에 취한 사람이 물건을 샀더라도 그 매매 행위 역시 효력을 발생한다. 또한 취한 사람이 살인을 저질렀다 해도 그 행위는 마땅히 처벌을 받는다.

넷째, 악마가 인간들을 찾아다니기 바쁠 때는 대신 술을 보낸다.

다섯째, 아침 늦게 일어나고, 낮에 술을 마시며, 저녁에 쓸데없는 잡담을 하면, 간단히 헛된 인생으로 만들 수 있다.

여섯째, 웨이터의 매너가 좋으면, 어떤 술이라도 미주(美酒)가 된다.

일곱째, 술은 고약한 심부름꾼이다. 위장으로 가라고 해도 머리 쪽으로 간다. 알코올은 육체와 정신을 하나로 만든다.

대승불교의 3대 경전 중 하나인『법화경(法華經)』에는 "처음에는 사람이 술을 마시고, 다음에는 술이 술을 마시고, 마지막에는 술이 사람을 마신다(初則人呑酒, 次則酒呑酒, 後則酒呑人)."는 구절이 있다.

자신의 마음과 몸이 흐트러지지 않는 범위 내에서 술을 즐기는 것은 좋지만, 술이 술을 마시고 끝내는 술이 사람을 마시는 단계까지 가는 것은 바람직하지 않다는 말이다. 흔히 술자리 분위기가 고조되면 2차, 3차를 외치는 경우가 있는데, 이를 무조건 금기할 필요까지는 없다고 본다. 다만 자신과 술친구의 몸 상태를 고려하여 단계를 조절하는 지혜가 필요하다고 하겠다.

[꿀팁] 『탈무드』의 술 이야기

신이 가장 정의로운 인간이라고 부르던 '노아'가 포도나무를 심고 있었다. 그때 악마가 찾아와 포도나무에 관해 노아에게 묻자 이렇게 대답했다.

"이 나무의 열매인 포도를 발효시키면 기분을 즐겁게 해주는 술이 된다오."

그렇게 좋은 것이라면 악마도 돕겠다며 양과 사자, 돼지, 원숭이를 데리고 와서 그것들을 죽여 그 피로 포도나무에 거름을 주었다. 그 결과 노아가 술을 마시면 처음에는 양처럼 순했다가도, 더 마시면 사자처럼 사나워지고, 좀 더 마시면 돼지처럼 추악해지고, 마침내 원숭이처럼 소란을 피우게 되었다.

술 취한 사람에 대한 호칭은 여러 가지가 있다. 일반적으로 술에 취한 사람을 '취객(醉客)' 또는 '취한(醉漢)'이라 하고, 크게 취해 몸을 제대로 가누지 못하는 사람은 '이취인(泥醉人)'이라 부른다. 술에 취해 정신이 없는 사람은 '취광(醉狂)'이라고 하며, 술에 절어 술을 마시지 않고는 배길 수 없는 사람은 '주보(酒甫)'라고 한다.

술을 마시면 주정이 심한 사람은 '주정뱅이' 또는 '주정꾼'이라 하고, 낮춤말로는 '술망나니', '술도깨비', '술허재비', '술 먹은 개' 또는 '주충(酒蟲)'이라 부른다.

　술 취한 모습을 표현한 말로는, '개개풀어지다(술에 취해 눈의 정기가 흐려진 상태).', '간잔지런하다(술에 취해 눈시울이 가늘게 처진 상태).', '건드레하다(술이 거나하게 취해 정신이 흐릿한 상태).', '고주망태가 되다(술을 거르는 틀 위에 있는 망태기처럼 술에 절어 있는 상태).' 등이 있다.

　취기(醉氣)의 단계를 우리나라에서는 6단계, 중국에서는 4단계로 구분한다. 우리나라 기준으로는 3단계, 중국 기준으로는 2단계 정도까지 마시고 술자리를 정리하는 것이 바람직하다.

한국의 취기 6단계

　상쾌기 : 상쾌한 기분이 들고 해방감을 느끼는 단계
　미취기(微醉期) : 긴장된 입이 풀려 말이 많아지고 사교적으로 변하는 단계
　흥분기 : 자제력이 없어져 무슨 일이든 참견하고, 큰 목소리로 고함을 지르기도 하는 단계
　명정기(酩酊期) : 갈지 자(之) 걸음에, 같은 말을 되풀이하는 단계
　이취기(泥醉期) : 제대로 서지 못하고 말을 횡설수설하는 단계
　혼수기(昏睡期) : 혼수상태로 생명이 위독한 단계

중국의 취기 4단계

해구(解口) : 긴장된 입이 풀려 말이 많아지기 시작하는 단계
해색(解色) : 눈의 정기가 흐려져 얼굴이 못생겨도 예쁘게 보이는
단계
해원(解怨) : 눈시울이 가늘게 처지는 모습을 보이고, 숨겨둔 원
한이 모두 풀리는 단계
해망(解妄) : 완전히 인사불성이 되는 단계

[꿀팁]술과 장수(長壽)

1969년 유럽대륙에서 최초로 간 이식을 성공시킨 이종수 박사는
"술을 한 번에 많이 마시고 간을 며칠간 쉬게 한(休肝日) 다음 다시
많이 마시는 통음(痛飮; binge drinking) 방식보다는 매일 적당량
마시는 것이 장수의 보약이 된다."고 했다.

『탈무드』에는 "아침에 마시는 술은 돌, 낮술은 구리, 저녁술은
은, 사흘에 한 번 마시는 술은 금이다."라는 말이 있다.

중국에도 술과 수명에 대한 재미있는 얘기가 있다.

임표는 술과 담배를 모두 멀리해 63세에 죽었고, 주은래는 술은
가까이하고 담배를 멀리해 73세에 죽었다. 모택동은 술은 멀리하고
담배를 가까이하여 83세에 죽었고, 등소평은 술과 담배를 모두 가
까이하여 93세에 죽었으며, 장학량은 술과 담배는 물론 여색까지
가까이하여 103세에 죽었다.

술을 좋아해 당대에 주선(酒仙)으로 불렸고, 불멸의 시 〈승무〉를
쓴 시인 조지훈(1920~1968)은 "많이 마시고 많이 떠드는 것만으로

주격(酒格)은 높아지지 않는다. 주도(酒道)에는 엄연히 단(段)이 있다. 술을 마신 연륜, 같이 술을 마신 친구, 마신 기회, 술을 마신 동기, 술버릇 등을 종합해 보면 그 단의 높이가 어떤 것인가를 알 수 있다."고 하면서 술꾼의 품격을 주도 9급에서 주도 9단에 이르기까지 18단계로 나누고 이를 '주도유단(酒道有段)'이라고 했다. 9급에서 2급까지는 술에 대한 초보자라고 할 수 있고, 1급 이상은 비로소 주당의 대열에 합류한 것으로 볼 수 있다.

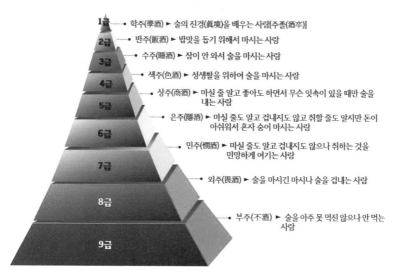

- 1급 • 학주(學酒) ▶ 술의 진경(眞境)을 배우는 사람[주졸(酒卒)]
- 2급 • 반주(飯酒) ▶ 밥맛을 돕기 위해서 마시는 사람
- 3급 • 수주(睡酒) ▶ 잠이 안 와서 술을 마시는 사람
- 4급 • 색주(色酒) ▶ 성생활을 위하여 술을 마시는 사람
- 5급 • 상주(商酒) ▶ 마실 줄 알고 좋아도 하면서 무슨 잇속이 있을 때만 술을 내는 사람
- 6급 • 은주(隱酒) ▶ 마실 줄도 알고 겁내지도 알고 취할 줄도 알지만 돈이 아쉬워서 혼자 숨어 마시는 사람
- 7급 • 민주(憫酒) ▶ 마실 줄도 알고 겁내지도 않으나 취하는 것을 민망하게 여기는 사람
- 8급 • 외주(畏酒) ▶ 술을 마시긴 마시나 술을 겁내는 사람
- 9급 • 부주(不酒) ▶ 술을 아주 못 먹진 않으나 안 먹는 사람

1급은 술의 진정을 배우는 사람으로 주졸(酒卒)이다.
1단은 술의 취미를 맛보는 사람으로 주도(酒徒)다.
2단은 술의 진미에 반한 사람으로 주객(酒客)이다.
3단은 술의 진경을 체득한 사람으로 주호(酒豪)다.
4단은 주도를 수련하는 사람으로 주광(酒狂)이다.
5단은 주도 삼매에 든 사람으로 주선(酒仙)이다.
6단은 술을 아끼고 인정을 아끼는 사람으로 주현(酒賢)이다.
7단은 마셔도 그만, 안 마셔도 그만, 술과 더불어 유유자적하는 사람으로 주성(酒聖)이다.
8단은 술을 보고 즐거워하되 이미 마실 수는 없는 사람으로 주종(酒宗)이다.
9단은 술로 말미암아 다른 술 세상으로 떠나게 된 사람으로 폐주(廢酒) 또는 열반주(涅槃酒)로 명명하였다.

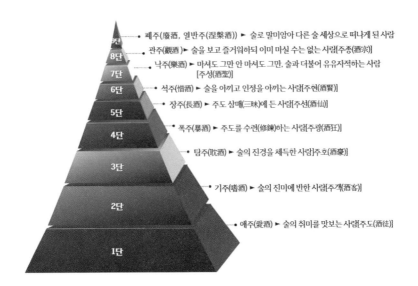

9단 ● 폐주(廢酒, 열반주(涅槃酒)) ▶ 술로 말미암아 다른 술 세상으로 떠나게 된 사람

8단 관주(觀酒) ▶ 술을 보고 즐거워하되 이미 마실 수는 없는 사람[주종(酒宗)]

7단 낙주(樂酒) ▶ 마셔도 그만 안 마셔도 그만, 술과 더불어 유유자적하는 사람
[주성(酒聖)]

6단 석주(惜酒) ▶ 술을 아끼고 인정을 아끼는 사람[주현(酒賢)]

5단 ● 장주(長酒) ▶ 주도 삼매(三昧)에 든 사람[주선(酒仙)]

4단 ● 폭주(暴酒) ▶ 주도를 수련(修鍊)하는 사람[주광(酒狂)]

● 탐주(眈酒) ▶ 술의 진경을 체득한 사람[주호(酒豪)]

3단 ● 기주(嗜酒) ▶ 술의 진미에 반한 사람[주객(酒客)]

● 애주(愛酒) ▶ 술의 취미를 맛보는 사람[주도(酒徒)]

2단

1단

당시 주선으로 불리었던 시인 조지훈은 상당히 높은 단계인 5단에 이르렀다고 볼 수 있다. 유사 이래 수많은 주당이 오고 갔지만, 주당이라면 누구나 도달하고 싶은 가장 높은 단계는 아마도 7단의 주성이라고 생각한다.

이 단계에 이른 두 분을 꼽자면 우리나라의 방랑시인 김삿갓 김병연(金炳淵, 1807~1863)과 중국의 시선이라고 불린 이백(李白, 701~762)이 아닐까 싶다. 중국 당나라의 두보(杜甫, 712~770) 역시 〈음주팔선가(飮酒八仙歌)〉에서 이백을 첫째로 꼽았다.

다음 차례로는 고려 시대의 백운 이규보(李奎報)와 취음선생(醉吟先生)이라는 호를 가진 중국의 백거이(白居易, 772~846)를 꼽고 싶다. 중국 동진(東晉) 말 대표적 시인이었던 도연명(陶淵明) 역시 유명한 주당으로 누구든지 술자리에 부르면 사양하지 않고 갔으나 취하면 홀연히 사라졌다고 하는데, 절제의 미(美)를 아는 멋진 애주가가 아니었던가 싶다.

김삿갓의 〈간음야점(艱飲野店)〉

천 리 길을 지팡이 하나에 의지하니	千里行裝付一柯
남은 엽전 일곱 닢은 오히려 많은 편	餘錢七葉尙云多
주머니 속에 깊이깊이 있어 달라 조심해 왔는데	囊中戒爾深深在
석양이 내린 주막에서 술을 보니 어찌하랴.	夜店斜陽見酒何

〈설경(雪景)〉

추위 때문에 도저히 돌아갈 수 없다고 눈 핑계를 대고
寒將不去多言雪
술에 취해 머물면서 다시 한 잔 더 마시네
醉或以留更進杯

평생을 자유롭게 주유천하(周遊天下)하였던 김삿갓의 술에 대한
애절함이 절절히 묻어난다.

이백(李白)의 월하독작(月下獨酌) 둘째 수

만약 하늘이 술을 즐기지 않았다면	天若不愛酒
하늘에 주성이란 별이 있을 리 없고	酒星不在天
만약 땅이 술을 사랑하지 않았다면	地若不愛酒
땅에 주천이란 곳이 있겠는가	地應無酒泉

하늘과 땅이 애초에 술을 즐겼으니	天地旣愛酒
술을 즐김이 어찌 부끄러우랴	愛酒不愧天
옛말에 청주는 聖人(성인)과 같고	已聞淸比聖
탁주는 賢人(현인)과 같다 하니	復道濁如賢
성인과 현인을 이미 다 마신 후에	聖賢旣已飮
신선은 더 구하여 무엇하랴	何必求神仙
석 잔이면 큰 도에 이르고	三杯通大道
한 말이면 자연과 하나 되거니	一斗合自然
취하고 취하여 얻은 이 즐거움을	但得醉中趣
깨어있는 이에게 전하지 말지어다	勿爲醒者傳

청주와 탁주를 성현에 비유하고, 술과 함께라면 신선도 부럽지 않다는, 진정한 주선(酒仙)의 경지를 보여주는 것 같다.

이규보의 백운소설(白雲小說) 중에서

하늘과 땅을 금침으로 삼고	天地爲衾枕
강과 바다를 술을 담는 연못으로 만들어	江河作酒池
천 일 동안 계속 마시면서	願成千日飮
취해 태평성대를 보내리	醉過太平時

하늘과 땅을 이부자리와 베개로 삼고 강과 바다를 술독으로 여기는 엄청난 배포에 고개를 숙일 수밖에 없고, 고려 시대의 문신임에도 노자의 무위(無爲)의 삶이 엿보인다.

백거이(白居易)의 〈대주(對酒)〉 첫째 수

솜씨가 있느니 없느니 잘났느니 못났느니 서로 따지는데
巧拙賢愚相是非
술 한번 취해 모두 잊음이 어떨는지
何如一醉盡忘機
하늘과 땅 사이 넓고 좁음은 그대는 아는가
君知天地中寬窄
독수리 물수리 난새 봉황새 제멋대로 나는 세상
鵰鶚鸞凰各自飛

혼자 잘났다고 떠들어 보았자 우물 안 개구리에 지나지 않으니 헛된 짓 하지 말고, 술 한 잔 하면서 마음을 비우라는 멋진 훈수다.

[꿀팁] 해장술과 해장국

주당들은 과음한 다음 날 아침, 술을 깬다는 이유로 해장술, 해장국 또는 해장을 위한 음료를 마시는 경우가 있다. '해장'은 술을 깨게 한다는 '解酲(해정)'에서 나온 말이다.

중국에서는 아침 5~7시, 즉 묘시(卯時)에 마시는 해장술을 묘주(卯酒)라고 하며, 영어권에서도 해장술(Hair of the Dog)이라는 말이 있다. 프랑스에서는 해장을 위해 양파와 치즈로 만든 스프를, 독일에서는 소금과 식초에 절인 청어를 양파나 오이 피클과 함께 먹는다. 일본에서는 매실('난보'라는 품종임)을 절인 우메보시를, 중국에서는 날달걀을, 러시아에선 양배추·오이 즙·소금을 섞은 음료수를 해장용으로 사용한다. 이는 술꾼들이 경험을 통해 해장술 또는 음료수가 숙취를 해소해 주는 효과가 있다는 사실을 알았다는 것일 수도 있다.

두통, 메스꺼움 등 술을 마신 후의 부작용인 숙취의 정도는 단순히 알코올 섭취량에 비례하는 것이 아니라, 술에 들어있는 불순물 때문이라는 것이 정설에 가깝다. 그렇다면 어떤 물질이 주당들을 괴롭히는가?

일부 과학자들은 발효 과정에 발생하는 미량의 메탄올을 범인으로 지적하고 있다. 술을 마시면 메탄올도 에탄올처럼 먼저 알데히드로 대사되는데 여기서 나오는 포름알데히드가 치명적으로 해로운 물질이라는 것이다. 이들은 해장술을 마시면 효소가 메탄올을 제쳐두고 에탄올을 먼저 처리하여 포름알데히드가 덜 만들어지게 되므로 해장술이 숙취 해소에 다소 도움이 된다고 주장한다. 이는 "해장술은 빚내서도 사 먹는다."는 우리 속담과 일맥상통한다.

하지만 다른 일부에서는 숙취의 정확한 이유가 규명되지 않아 해장술이 오히려 숙취를 악화시킬 수 있을 뿐만 아니라 알코올 중독의 원인이 될 수 있다고 주장한다. 이는 "하루의 화근은 해장술에 있고 평생 화근은 악처에 있다."는 속담과 통한다.

어느 주장을 따라야 할지 선택의 기로에 서 있는 것이 주당들의 안타까운 현실이다. 하지만 필자의 임상 경험으로 볼 때 첫 잔은 3번으로 나누어 마시고 술을 마시는 중이거나 마신 후에 물을 많이 마시면 숙취 예방에 효과가 있었으며, 해장술만 마시거나 해장술에 해장국을 곁들이기보다는 해장국만 먹는 것이 올바른 선택이었다.

우리나라에는 선지해장국, 황태해장국, 콩나물국밥, 배춧국, 물회, 올갱이국, 박속밀국낙지탕, 복국, 쫄복탕, 곰치국, 생대구탕, 매생이국 등 다양한 해장국이 있다. 골고루 접해 본 결과 술에 지친장(腸)을 풀어 주는(解) 데는 역시 해장국이 최고였다. 전주 콩나물 국밥과 함께 나오는 모주(母酒)는 막걸리에 흑설탕을 넣고 끓여 알코올 성분이 1.5%에 불과해 해장술이라기보다는 국밥에 곁들이는 반주이므로 같이 즐겨도 좋을 것 같다.

참고로 조선 시대 우리나라 최초로 양반들에게 배달한 해장국인 '효종갱(曉鐘羹)'은 지금도 남한산성 지역에서 판매되고 있다. '효종갱'이란 새벽 효(曉), 쇠북 종(鐘), 국 갱(羹)의 합성어로 "밤에 국이 들어있는 항아리를 솜에 싸서 한양으로 보내면 새벽종이 울릴 무렵 양반집 문전으로 배달된다."는 뜻이다. 쇠갈비, 버섯류, 해물류, 배추속대, 콩나물 등을 하루 종일 고아 만든 것으로 속을 달래는 데 그만이라고 한다.

[꿀팁] 술병(病) 치료를 위한 식이요법

세조 4년(1460) 어의(御醫)인 전순의(全循義)가 지은 『식료찬요 (食療纂要)』는 우리나라 최초의 식이요법 책이라고 할 수 있는데, 여기에 있는 세 가지 술병(病) 치료를 위한 식이요법을 소개한다. 술을 마시고 난 후 가슴이 답답하고 열이 나는 증상을 치료하고 갈증을 그치게 하려면 굴에 생강과 식초를 넣고 날로 먹는다.

술을 마신 뒤 심한 갈증을 풀기 위해서는 배추 2근을 삶아 국을 만들어 마신다. 술에 취해 깨어나지 않을 때는 정화수(井華水: 이른 새벽에 길은 우물물) 한 잔에 배추씨 2홉을 갈아 넣고 2번에 나누어 먹는다.

술자리의 놀이와 주령구(酒令具)

술자리에서의 놀이는 또 다른 감흥을 일으켜 보다 밝고 유쾌한 분위기를 조성해 줄 뿐만 아니라 술자리를 함께 하는 사람들 간의 거리를 줄여주는 효과가 있다. 나라마다 다양한 술자리 놀이가 있는데, 우리나라에서는 이를 주령(酒令)이라고 했다.

주령이란 원래 술자리의 예법을 준수시키기 위한 일종의 규칙이었으나, 점차 술자리의 흥을 돋우는 놀이, 내기 술을 위한 놀이, 벌주를 마시게 하는 수단이 되었다.

주령에는 유희령(遊戲令), 승부령(勝負令), 문자령(文字令) 등이 있었다.

유희령 중 하나는 '손수건 돌리기'로 마지막으로 손수건을 가지게 된 사람이 벌주는 마시는 것이다. 승부령이란 활쏘기, 투호(投壺), 장기(將棋) 등을 겨뤄 패자가 벌주를 마시는 것이다. 문자령 중 가장 일반적인 것은 특정한 글자를 문제로 내면 그 글자가 들어간 시를 읊어야 하고 실패한 사람은 벌주를 마시는 것이다.

통일신라시대에는 주령구(酒令具)라는 놀이기구가 있었다.

주령구는 경주 안압지에서 출토되었는데, 나무로 만든 것으로 정사각형 면이 6개, 6각형 면이 8개인 14면체이며, 각 면에 벌칙이

적혀 있다. 놀랍게도 각 면이 나올 확률이 거의 같다는 점인데, 이를 확인한 필자의 지인인 수학과 교수는 "이와 같은 것을 만들었다면 당시의 수학지식이 놀라운 수준이었을 것"이라고 했다. 주령구의 벌칙은 요즈음도 통할 수 있는 것이 있지만 그 내용을 알 수 없는 것들도 있다.

그래서 필자는 술자리에서 다양한 세대가 즐길 수 있을 만한 벌칙을 선발해 목재로 몇 가지 버전의 '신(新)주령구'를 만들었다. 각 버전별로 14가지 벌칙은 필자가 만들고, 각 벌칙을 네 글자의 한자로 바꾸는 일은 필자의 중국인 제자에게 도움을 받았으며, 제작은 서울 시내의 어느 목공소가 맡았다.

통일신라시대의 14면체 주령구를 현대에도 다양하게 응용하고 활용할 수 있도록 별도의 항목으로 정리하고자 한다.

일본의 술자리 놀이기구

일본에도 술자리 놀이기구가 있다.

우연히 은퇴한 게이샤가 운영하는, 오사카의 전통 술집에서 발견했다. 조그만 팽이 모양의 놀이기구이며 몸체는 6면이고 세 가지 그림이 두 개씩 그려져 있다.

또한 세 가지 술잔이 있는데 각 술잔은 팽이 몸체에 있는 세 가지 그림의 형체를 하고 있다. 첫째 잔은 매우 작은 잔이며, 두 번째 잔은 다소 크고 밑바닥에 구멍이 있어 술을 마실 때는 구멍을 손가락으로 막고 마셔야 하며, 셋째 잔은 긴 코가 달린 가장 큰 잔이다.

놀이 방식은 팽이 모양의 것을 끝을 잡고 돌리다가 팽이가 쓰러지면 팽이 끝이 향하는 자리에 앉아 있는 사람이 그때 나온 그림이 있는 잔으로 벌주를 마시는 것이다.

일본의 술자리 놀이 기구

[꿀팁]유상곡수연(流觴曲水宴)

상사일(上巳日: 음력 3월 3일)에 사악한 기운을 씻어 내기 위해 흐르는 물가에 앉아 위에서 흘러오는 잔의 술을 마시며 시와 음악을 즐기던 풍류 행사를 말한다. '곡수유상연(曲水流觴宴)' 또는 '유배곡수지음(流杯曲水之飮)'이라고도 한다.

우리나라의 경우 경주에 있는 포석정(鮑石亭)이 '곡수유상(S자형 물가에 흐르는 잔)'을 즐긴 대표적인 장소이다.

승려 일연이 편찬한 '삼국유사(三國遺事)'에 포석정에 관한 이야기가 있고, 신라 말에 최치원(崔致遠)이 유상대(流觴臺) 또는 곡수거(曲水渠)를 만들었다는 기록이 있어, 유상곡수는 이미 삼국시대에 시작되었음을 알 수 있다.

유상곡수연에서 사용하는 술잔은 물에 떠서 잘 흘러가도록 나무로 만든 것이 많이 사용되었고, 옹기 양쪽에 날개 모양의 귀(耳)를 달아 물에 가라앉지 않도록 한 '우상(羽觴)'이라는 잔도 있었다.

운치 있고 멋진 술자리 놀이인 유상곡수를 보고 싶은 분은 포석정 외에도 서울 창덕궁 후원의 옥류천 가운데 있는 소요암(逍遙巖)의 유배거(流杯渠) 또는 경기도 양평군의 세미원(洗美苑)을 찾으면 된다.

안압지 발굴 14면체 주령구의 활용

　오리지널 주령구는 검은색 바탕에 붉은 글씨로 되어 있지만, 조명이 흐릿한 주점의 특징을 고려해 검은색 바탕에 흰색 글씨로 만들었다. 술 강의를 할 때마다 받는 강사료를 모아 버전별로 30개 정도를 제작했다. 운치와 품격을 함께 갖춘 우리의 술 문화를 조금씩이나마 확산시켜야 한다는 바람에서 술을 진심으로 사랑하는 지인들에게 나누어주었다.

　술자리에서 주령구 놀이를 하면 분위기가 더욱 밝아짐은 물론 과음도 하지 않게 되는 것을 경험하였다. 처음에는 이를 무료 앱으로 만들어 배포하려고 했지만, 인터넷에서 나무로 만든 14면체와 스티커를 판매하고 있다는 사실을 확인하면서, 앱보다는 실물 놀이기구가 더 낫겠다는 생각에 이르게 되었다.

　필자가 주령구(酒令具)를 위해 만든 벌칙 중 재미있는 것을 몇 가지 정리하여 첨부하였다. 주령구에 관심이 있는 독자들은 그대로 활용하거나 여기에 새로운 벌칙을 추가한 다음 제작하여 활용하면 즐거운 술자리를 만들 수 있을 것이다.

　기존 주령구의 14가지 벌칙 내용은 이미 인터넷에 알려져 있으므로, 여기서는 필자가 만든'신(新) 목제 주령구'의 여러 가지 버전 중 고사성어를 한두 글자씩 바꾼 버전과 필자가 설정해본 몇몇 구령구의 벌칙을 소개한다.

'신 목재 주령구의 법칙 1-고서성어 버전

*위쪽은 고사성어이고, 아래쪽은 이를 한두 자씩 바꾼 벌칙임.

1. 문전성주(門前成酒) : 술이 시장처럼 붐비게 하기

← 문전성시(門前成市)

2. 암중모주(暗中摸酒) : 눈 가리고 술 골라 마시기

← 암중모색(暗中摸索

3. 가유호주(家諭戶酒) : 집집(사람)마다 술 따르기

← 가유호세(家諭戶說)

4. 게저음주(揭箸飮酒) : 젓가락 물고 술 마시기

← 게부입연(揭斧入淵)

5. 음주보은(飮酒報恩) : 대신 술을 마셔 은혜 갚기

← 결초보은(結草報恩)

6. 겸구음주(箝口飮酒) : 입을 다물고 술 마시기

← 겸구물설(箝口勿說)

7. 구주득장(求酒得漿) : 술 대신 식초 마시기

← 구장득주(求漿得酒)

8. 계명견폐(鷄鳴犬吠) : 닭과 개소리 내기

← 계명구도(鷄鳴狗盜)

9. 다잔선주(多盞善酒) : 잔 많은 사람 술 주기

← 다전선고(多錢善賈)

10. 돈수삼배(頓首三拜) : 머리 조아려 절 세 번 하기

← 돈수재배(頓首再拜)

11. 음진대소(飮盡大笑): 술 다 마시고 크게 웃기

← 박장대소(拍掌大笑)

12. 설망천작(舌芒淺酌): 혀끝으로 술 천천히 마시기

← 설망어검(舌芒於劍)

13. 양수집잔(兩手執盞): 양손에 술잔 들고 마시기

← 양수집병(兩手執餠)

14. 투전보주(投錢報酒): 돈 내고 술 받기

← 투도보리(投桃報李)

'신 목제 주령구'의 벌칙 2

1. 下待三分 (하대삼분) 반말 3분 동안 하기
2. 飮爆彈酒 (음폭탄주) 폭탄주 마시기
3. 飮交杯酒 (음교배주) 러브샷 하기
4. 換杯飮酒 (환배음주) 큰 잔에 따라 돌려 마시기
5. 表現長技 (표현장기) 개인기 자랑하기
6. 負擔酒費 (부담주비) 술값 내기
7. 兩盞則放 (양잔즉방) 술 두 잔 마시고 해방되기
8. 醜物莫放 (추물막방) 더러운 물건 넣어도 그대로 마시기
9. 曲臂則盡 (곡비즉진) 팔을 뒤로 구부리고 술 마시기
10. 指名接吻 (지명접문) 지명하여 뽀뽀 받기
11. 飮盡大笑 (음진대소) 술을 다 마시고 크게 웃기
12. 用臀寫名 (용둔사명) 엉덩이로 이름 쓰기
13. 支佛食代 (지불식대) 식사비 내기
14. 戀人觸脣 (연인촉순) 연인과 입술 마주치기

신 목제 주령구의 벌칙 3

下待三分 (하대삼분) 반말 3분 동안 하기
飮爆彈酒 (음폭탄주) 폭탄주 마시기
飮交杯酒 (음교배주) 러브샷 하기
換杯飮酒 (환배음주) 큰 잔에 따라 돌려 마시기
德談一言 (덕담일언) 덕담 한마디 하기
負擔酒費 (부담주비) 술 값 내기
任意請歌 (임의청가) 누구에게나 마음대로 노래시키기
支佛食代 (지불식대) 식사비 내기
兩盞則放 (양잔즉방) 술 두잔 마시고 해방되기
醜物莫放 (추물막방) 더러운 물건 넣어도 그대로 마시기
曲臂則盡 (곡비즉진) 팔을 뒤로 구부리고 술 마시기
指名接吻 (지명접문) 지명하여 뽀뽀받기
飮盡大笑 (음진대소) 술을 다 마시고 크게 웃기
三盞一去 (삼잔일거) 한 번에 술 석잔 마시기

신 목제 주령구의 법칙 4

飮交杯酒 (음교배주) 러브샷 하기
任意請歌 (임의청가) 누구에게나 마음대로 노래시키기
支佛食代 (지불식대) 식사비 내기
指名接吻 (지명접문) 지명하여 뽀뽀받기
飮盡大笑 (음진대소) 술을 다 마시고 크게 웃기
指名接鼻 (지명접비) 지명하여 코 부비기

弄面孔過 (농면공과) 얼굴 간지려도 꼼짝 않기
任意請舞 (임의청무) 마음대로 춤 시키기
用臀寫名 (용둔사명) 엉덩이로 이름쓰기
吐露秘密 (토로비밀) 숨긴 진실 밝히기
自唱自飮 (자창자음) 스스로 노래 부르고 마시기
禁聲作舞 (금성작무) 소리 없이 춤추기
兩盞則放 (양잔즉방) 술 두잔 마시고 해방되기
表現長技 (표현장기) 개인기 자랑하기

신 목제 주령구의 벌칙 5

飮交杯酒 (음교배주) 러브샷 하기
指名接吻 (지명접문) 지명하여 뽀뽀받기
飮盡大笑 (음진대소) 술을 다 마시고 크게 웃기
弄面孔過 (농면공과) 얼굴 간지려도 꼼짝 않기
用臀寫名 (용둔사명) 엉덩이로 이름쓰기
吐露秘密 (토로비밀) 숨긴 진실 밝히기
自唱自飮 (자창자음) 스스로 노래 부르고 마시기
表現長技 (표현장기) 개인기 자랑하기
下待三分 (하대삼분) 반말 3분 동안 하기
負擔酒費 (부담주비) 술 값 내기
兩盞則放 (양잔즉방) 술 두잔 마시고 해방되기
醜物莫放 (추물막방) 더러운 물건 넣어도 그대로 마시기
曲臂則盡 (곡비즉진) 팔을 뒤로 구부리고 술 마시기
戀人觸脣 (연인촉순) 연인과 입술 마주치기

다섯 가지 벌칙의 예를 들고 있지만, 벌칙 2부터 벌칙 5까지는 서로 겹치는 내용도 많다. 어떤 사람들이 모이는 술자리냐에 따라 벌칙을 취사선택해 볼 수도 있겠고, 14면체라는 특징만 살려서 다른 방식으로 벌칙을 개발해도 무방할 터이다. 다만 주령구의 취지가 건전하고 즐거운 술자리를 위한 기구인 만큼 원래의 뜻에 합당하면 더할 나위 없을 듯하다.

마무리하며

인생 3모작 시기에 남겨진 숙제 중 하나를 미흡하나마 마무리하게 되어 개운하다는 마음뿐 이다. 작년 봄 30여 년간 키우던 난(蘭) 100여 분을 모두 분양할 때는 딸을 시집보낼 때처럼 다소 섭섭하였으나, 이번만큼은 시원하다는 느낌뿐이며, 서재 일부도 비운다고 생각하니 몸이 한결 가벼워진다.

초등학생인 손주들이 지구본을 여러 차례 돌리고서야 비로소 찾아내는 그다지 크지 않은 나라가 세계 10위권의 경제 대국이 되고, K-팝을 선두로 '한류'가 세계를 들썩이게 만드는 저력은 어디서 나오는 것인가?

자의 반 타의 반이지만, 우리 민족은 170여 개국에 700여만 명이 (인구로는 동메달, 나라 수로는 금메달) 이 땅을 제외한 지구촌에 자리 잡는 등 최강의 네트워크를 자랑하는데 과연 이 때문인가. 아니면 수천 년을 이어 온 '음주가무'와 '흥'이 한민족 세포에 새겨져 DNA로 자리를 잡았기 때문인가.

정답은 문화 인류학자에게 맡기고, 필자는 "과거와 현재, 미래는 연속선상에 있으며, 과거를 이어받아 현재를 이루고 다시 미래로 나간다."는 말을 하고 싶다. 판소리의 한 대목인 '범 내려온다.'를 대중 무대로 소환하여 일반인들의 어깨를 절로 들썩이게 만든 우리의 MZ세대의 유연함과 창조성에서 새로운 희망의 빛을 발견한다.

　지구촌 곳곳에서는 그 지역의 기후 및 토양에 적합한 농산물을 재배하고 이를 사용해 술을 빚기 시작해 먹을거리와 궁합이 맞고 세대에 따라 변화하는 입맛에 맞춰 그들의 술을 끊임없이 개량·발전시켜 왔다. 동시에 각 지역의 전통문화를 토대로 독특한 음주문화를 형성해 왔다는 것도 알 수 있다.

　우리 역시 비슷한 길을 걸어왔고, 100여 년 전까지만 해도 요즈음의 '한류'에 필적할 만한 상태에 있었다고 감히 말할 수 있다. 하지만 불행한 과거의 역사가 우리 술과 술 문화의 뿌리를 송두리째 흔들어 다시 살릴 수 있을지 걱정할 정도로 비정상적일 뿐만 아니라 극히 왜곡된 상황을 만들었다.

　그런데 웬일인가. 죽은 줄 알았던 잎들이 서서히 소생하고 있다. '은근과 끈기'가 모든 것인 줄 아는 필자의 세대가 아닌 젊은 세대가 '전통힙'이라는 새로운 관점과 방식으로 저력을 보여주고 있다. 희망이 보인다. 고맙다는 말밖에 할 수 없는 필자에게 단 한 마디 조언을 허락한다면, 이렇게 보태고 싶다.

　"보물이 우리 안에 있다. 맛있고 튼실한 열매를 맺기 위해서는 뿌리를 더욱 건강하게 만들어야 한다. 우리 술을 뛰어넘어 세계로 나가라. 각자의 개성을 최대한 살려라."

부 록

스토리가 있는 우리 술

송죽오곡주와 송화백일주

조선 인조(仁祖) 때 명승 진묵대사(1562~1633)가 1602년경 전북 김제군 모악산 정상 절벽 아래에 수왕사(水王寺)를 짓고 참선을 하였다. 참선 과정에서 올 수 있는 고산병 예방과 편식으로 인한 건강 악화 등을 보완하기 위하여 주위에 서식하는 각종 약초와 약수인 석간수(石間水), 찹쌀을 포함한 오곡(五穀) 등을 이용하여 곡차(穀茶: 절에서 술을 뜻하는 말)를 빚기 시작한 것이 송죽오곡주와 송화 백일주(증류한 송죽오곡주에 소나무 꽃가루와 솔잎을 넣고 침출한 리큐르)의 시작이다.

그 이후 주지 스님들에 의해 진묵대사의 기일에 제사용으로 송죽 오곡주와 송화백일주를 빚어 왔다. 12대 전승자인 벽암 스님이 이 술들을 알리기 위해 수왕사 인근에 1992년 '송화양조'를 설립하면서 속세로 내려오게 되었다.

한산소곡주

1,300년 전 백제 왕실에서 즐겨 음용하던 술로 알려져 있는데,

삼국사기 백제본기에는 무왕37년(635년) 3월 신하들과 백마강 고란사 부근에서 경관을 즐기며 소곡주를 마셨다는 기록이 있다.

소곡주는 '누룩을 적게 사용하여 빚은 술'이라는 뜻에서 소국주(小麴酒)라고도 하는데, 누룩 향이 적고 달콤한 맛에 계속 들이키게 되어 결국 일어서지 못한다고 해서 '앉은뱅이 술'이라는 별칭을 가지게 되었다.

소곡주에 넣는 누룩은 분쇄한 후 햇볕에 말려 하얗게 된 것을 사용하는 까닭에 맑고 깨끗한 술이 된다는 의미에서 소국주(素麴酒)라고도 한다. 이와 관련하여 일본의 사케가 우리나라 약주보다 맑은 빛인 이유는 백제사람 '수수보리'가 일본에 전한 술이 바로 백제에서 즐겨 마시던 소곡주였기 때문이라는 주장도 있다.

또한 백제의 유민들이 나라를 잃은 설움에 주류성에서 소복(素服)을 입고 곡(哭)을 하며 이 술을 마셨다고 해서 소곡주(素哭酒)라고도 한다. 1800년대 주류성의 아랫동네인 호암리에서 시어머니(김영신)가 선조들로부터 소곡주 제조 비법을 전수받아 명맥을 이어오다가 1979년 충남 무형문화재로 지정되었고, 며느리인 우희열 여사가 무형문화재 승계를 받아 아들(나장연)과 함께 소곡주의 전통을 이어가고 있다.

모주(母酒)

광해군 5년(1613) 선조의 계비였던 인목대비(仁穆大妃) 김씨(1584~1632)는 서궁에 유폐되고 대비의 부친 김제남은 사약을 받고 죽었으며, 대비의 모친인 노씨 부인(盧氏夫人)은 제주도 대정읍으로 유배되었다.

생활이 어려워지자 노씨 부인의 시녀가 술지게미(酒粕)를 얻어와 재탕하여 지금의 탁배기 같은 술을 팔면서 봉양하였다.

이 지역 사람들이 이 술을 대비의 어머니가 만든 술이라 하여 '대비모주(大妃母酒)'라 부르게 되었고, 이후 '모주'가 되었다. 이 모주 이야기는 노씨 부인의 애환과 함께 비석에 새겨져 제주시에 있었는데, 비석이 있던 지역이 개발되면서 비문도 사라졌다고 한다. 현재 시판되는 모주는 막걸리에 생강, 대추, 배 등을 넣고 끓인 것이다.

면천 두견주(杜鵑酒)

고려의 개국공신인 복지겸이 원인을 알 수 없는 병에 걸려 충남 당진군 면천에 내려와 요양하였으나 별 차도가 없었다. 그의 17살 된 딸 영랑은 아미산에 올라 아버지의 병을 낫게 해달라고 백일기도를 드렸다.

100일째 되던 날 밤, 꿈속에 신선이 나타나 "아버지의 병을 낫게 하려면, 아미산에 피어 있는 진달래와 찹쌀로 술을 빚되 반드시 안샘의 물을 써야 하며, 이 술을 100일 뒤에 아버지에게 마시게 하고, 그런 다음 뜰에 은행나무 두 그루를 심고 지성을 올리면 아버지의 병이 낫게 될 것이다."라고 하였다.

영랑이 즉시 신선의 말대로 하자 아버지의 병이 씻은 듯이 나았다고 한다. 이후 아미산에 피어 있는 진달래와 안샘에서 나오는 물로 빚은 두견주는 명약으로 알려졌다. 두 그루의 은행나무도 지금까지 보존되어 있으며, 안샘도 지금까지 그 수맥을 잇고 있다.

감홍로주(甘紅露酒)

조선시대의 소설인 '별주부전'에는 별주부가 토끼를 용궁에 데려가기 위해 용궁에 가면 감홍로주가 있다고 유혹하는 장면이 있다. 유명한 사학자이자 문인이었던 육당 최남선(1890~ 1957)은 죽력고, 이강고와 함께 감홍로주를 조선 3대 명주로 꼽았다.

고려시대 후기부터 평양을 중심으로 관서 지방에서 생산되던 증류주였으며, 문배주와 감홍로주의 제조기술자였던 고 이경찬 옹이 한국전쟁으로 월남하면서 전해지게 되었다. 1986년 문배주가 중요무형문화재로 지정되었으나, 감홍로주는 고 이경찬 옹의 막내딸인 이기숙 씨에 의해 2005년에 정식으로 생산이 이루어졌다.

하지만 한동안 여성에게 명인을 인정하지 않아 이기숙 씨는 2012년이 되어서야 비로소 대한민국 식품 명인이 되었다. 감홍로주는 다양한 한약재가 들어가 몸을 따뜻하게 하며 항산화 기능으로 인해 노화 방지, 염증 증상 개선 등에 도움을 주는 것으로 알려져 있고, 알코올 농도는 40도이다.

이강주(梨薑酒)

조선조 초기부터 전라도와 황해도에서 제조되었고, 증류식 소주에 배와 생강이 들어간 고급 약소주로 상류사회에서 즐겨 마시던 조선 3대 명주 중의 하나다. 이강주가 전주에 정착한 배경에는 태조 이성계와 동고동락했던 조인옥(한양조씨)의 영향과 원료의 하나인 울금이 전라도 지역에서 많이 재배되었기 때문이라고 한다.

구한말에는 그 후손이 전주(완산)의 부사로 와 집에서 약소주로 빚었고, 이 전주부사의 손자가 지금의 이강주를 빚는 조정형 명인 (1996년 대한민국 식품 명인)이다. 특히 이강주는 고종 때 조미수호통상조약 체결 당시 국가대표 술로 나왔다는 기록이 있다.

죽력고(竹瀝膏)

조선 말기 황현(黃玹)이 지은『오하기문(梧下奇聞)』에는 동학혁명 당시 고문을 당한 녹두장군 전봉준이 지역 주민들이 가져온 죽력고 세 잔으로 기력을 되찾았다는 구절이 있다. 몸을 보호하는 명약주로 명성을 얻게 되었다.

1766년(영조 42년) 유중림이『산림경제』를 증보하여 엮은 농서인 『증보산림경제(增補山林經濟)』, 1835년경 서유구가 지은 생활백과사전인『임원십육지(林園十六志)』등에서는 죽력고가 혈압과 천식, 중풍, 뇌졸중, 발열 등의 증상을 완화하는 데 효능이 있다고 언급하고 있다.

쌀과 누룩으로 20일 걸려 술을 빚은 뒤, 대나무 잎과 가지를 사흘 동안 고아 내린 대나무즙 '죽력', 석창포, 계심 등을 넣고 증류해 만든 술이다. 죽력고의 '고'는 최고급 약소주에만 붙일 수 있는 극존칭이다. 죽력고는 2003년 전라북도 무형문화재로 지정되었고, 술을 빚는 송명섭 명인은 2012년 대한민국 식품 명인으로 지정되었으며, '송명섭 막걸리'를 빚는 분이기도 하다.

삼해주(三亥酒)

삼해주는 고려 말의 문신 이규보(李奎報: 1168~1241)의 시문집인 『동국이상국집(東國李相國集)』에도 나오고 있어 고려 시대부터 빚어졌던 술임을 알 수 있다. 삼해주는 돼지날(亥日)에 처음 밑술을 빚기 시작하여 12일 간격이나 36일 간격으로 돌아오는 다음 해일에 덧술을 하고, 다시 돌아오는 해일에 2차 덧술을 하므로 술이 익기까지는 최소 36일에서 96일이 걸리는 삼양주이자 장기 발효주인 까닭에 부드럽고 향기로운 맛이 특징이다.

예전에 삼해주는 한겨울인 음력 정월에 술을 빚기 시작해서 봄이 되면 술이 익는데, "버들가지가 날릴 때쯤 마신다."고 해서 '유서주(柳絮酒)'라는 별명을 얻기도 했다. 조선 시대에 이르러서는 전국적인 유명세를 가지게 되었다. 또한 1888년부터 2년간 조선을 여행했던 프랑스인 샤를 바라는 『조선기행』에서 삼해주를 프랑스 와인과 비교하며 "보존기간이 짧아 프랑스로 가져갈 수 없어 안타깝다."라고 할 정도로 극찬했다.

삼해주를 증류한 것이 '삼해소주'이며, 서울시 무형문화재 삼해소주 보유자인 어머니 이동복 여사의 뒤를 이어 김택상 명인이 전통을 이어가고 있다.

경주 교동법주(校洞法酒)

신라의 비주(秘酒)라고도 하는 교동법주는 조선 숙종 때 궁중음식을 관장하던 사옹원(司饔院)에서 참봉을 지낸 최국선이 처음 빚었다고 한다. 그 뒤로 교동법주는 만석꾼인 경주 최부자집의 가양주로 여러 대에 걸쳐 이어지고 있는데, 그 제조기법은 3백여 년 동안 철저히 맏며느리들에게만 전수되었다.

조선시대에는 국주(國酒)라 불릴 만큼 유명했다고 한다.

1986년 국가 지정 중요무형문화재로 지정되었고, 배영신 씨의 뒤를 이어 2006년 3월부터는 아들인 최경 씨가 350년이 넘는 전통을 잇고 있다.

찹쌀과 구기자나무의 뿌리가 담긴 집안 우물물로 죽을 쑤어 토종밀로 만든 전통 누룩과 섞어 밑술을 만들고, 다시 찹쌀 고두밥을 지어 덧술을 하여 100일 동안 발효, 숙성한 술로 감미로운 향과 맛으로 유명하다.

계룡백일주

계룡백일주는 조선 인조 때 원래 왕실에서만 빚어지던 궁중 술이었으나, 조선 인조 때 반정의 일등 공신인 연평 부원군 이귀의 공을 치하하여 제조기법을 연안이씨 가문에 하사해 부인인 인동장씨가 왕실로부터 양조 비법을 이어받아 가문 대대로 전해져 내려왔다.

이때부터 400년 동안 15대에 걸쳐 연안이씨 가문에 백일주의 비법이 전해져 내려와 현재 계룡백일주로 충남 무형문화재와 대한민국 식품 명인으로 지정되었다. 술맛이 뛰어나 신선들이 내려와 계룡백일주만 마신다고 해서 '신선주'라고도 불린다.

쌀, 물, 누룩 외에 진달래, 솔잎, 오미자, 국화 등으로 세 번의 발효 과정을 100일간 거친 삼양주로 향이 깊고 깔끔하면서 부드러운 술, 계룡백일주 약주가 완성된다. 이를 증류한 것이 계룡백일주인데, 이상우 명인은 상압과 감압식을 결합한 증류기를 사용하며, 한국을 대표할 명품 소주를 만들어야 한다는 일념으로 장기 숙성해 계룡백일주 10년, 12년, 15년 등 3가지 소주를 생산한다.

술자리의 건배사

〈마무리형〉

당나귀(당신과, 나의, 귀중한 만남을 위하여)

사우나(사랑과, 우정을, 나누자)

개나발(개인과, 나라의, 발전을 위하여)

오징어(오래 오래, 징하게, 어울리자)

초가집(초지일관, 가자, 집으로, 2차는 없다)

건배사(건강하고, 배려하며, 영원히 사랑하자)

변사또(변함없는, 사랑으로, 또 만나자)

해당화(해가 갈수록, 당당하고, 화려하게 살자)

고감사(고생했습니다, 감사합니다. 사랑합니다.)

마무리(마음먹은 대로, 무슨 일이든, 이루자)

명승부(명년에는, 승진하고, 부자 되자)

119(1차만, 1가지 술로, 9시까지만 마시고 끝내자)

마돈나(마지막으로 오신 분이, 돈 내고, 나가자)

위하여(위기를 기회로, 하면 된다는 신념으로, 여러분 모두 파이팅)

적반하장(적당한, 반주는, 하느님도, 장려한다)

나가자(나라와, 가정과, 자신을 위하여)

〈소통 및 공감형〉

소화제(소통과, 화합이, 제일이다)
고도리(고통과, 도전을 즐기는, 리더가 되자)
동사무소(동료, 사랑하는 것이, 무엇보다, 중요하다)
무조건(무지하게 힘들어도, 조금만 참고, 건승하자)
CEO(시원하게, 이끌어 주는, 오너)
우리가 남이가? '아니다'
이게 술이여? '아니여' 그럼 뭐여? '정이여'
거시기(거절하지 말고, 시키는 대로, 기쁘게 마시자)
개(계)나리(계급장 떼고, 나이 잊고, 리프레쉬 하자)
여행가자(여자가, 행복한, 가정을 만들자)
무소유(무리하지 말고, 소통하며, 유연하게 살자)
참이슬(참사랑은 넓게, 이상은 높게, 술잔은 평등하게)
마피아(마음 나누고 피도 나누는, 아름다운 우정을 위하여)
나만 좋아(나이 먹을수록, 만족해 하며, 좋은 사람 아껴 주자)
너의 미소(너그럽게, 의리 있고, 미워하지 말며, 소박하게 살자),

〈사기 진작형〉

남행열차(남보다, 행동을 빨리하고, 열심히 해서, 차기에서도 살아남자)
마당발(마주 앉은, 당신의, 발전을 위하여)
의자왕(의욕과, 자신감을 갖고, 왕창 돈 벌자)
상아탑(상심 마라. 아직이다, 탑이 되는 그날까지)

아우성(아름다운, 우리들의, 성공을 위하여)

당신 멋져(당당하게, 신나게, 멋지게, 져주며 살자)

통통통(의사소통, 운수대통, 만사형통)

명품백(명퇴 조심, 품위유지, 백수방지)

오바마(오, 바라만 보아도 좋은, 마이 프랜드)

진달래(진하고, 달콤한, 미래를 위하여)

노다지(노는 없다. 다만 실행한다. 지금부터 바로 하자)

빠삐용(빠지지 말고, 삐치지 말고 용서하자)

소취하 당취평(소주로, 취하면, 하루가 즐겁고, 당신에게, 취하면, 평생 즐겁다)

비행기(비전을, 행동으로 옮기면, 기적이 일어난다)

주전자(주인답게, 전문성과, 자신감을 갖고 살자)

속담(俗談) 속의 술

속담은 오랜 세월에 걸쳐 백성들 사이에 입과 입을 통해 전해온 것으로, 우리 조상의 해학, 지혜, 삶에 대한 교훈 등이 농축되어 있는 것이다. 술과 관련한 속담을 적절히 구사한다면 한층 운치 있는 술자리가 될 것이다.

〈삶의 지혜〉

"죽어 석 잔 술이 살아 한 잔 술만 못하다."
죽은 후에 제 아무리 정성을 다해 모셔도 살아 있을 때 조금이라도 관심을 기울이는 것보다 못하다는 뜻.

"술은 얼굴을 붉게 하고 돈은 마음을 검게 한다."
술을 마시면 얼굴이 붉어져 속이지 못하게 되지만, 돈을 보면 욕심이 발동해 무슨 수를 써서라도 가지려 한다는 뜻.

"술은 괼 때 걸러야 하고 종기는 곪았을 때 짜야 한다."
무슨 일이든지 적기에 해야 좋은 성과를 거둘 수 있다는 뜻.

"병 하나에 술 두 가지를 담지 못한다."

두 가지 술을 한 병에 넣으면 술의 특성이 없어지는 것과 마찬가지로 한 번에 두 가지 일을 못한다는 뜻.

"거지도 술 얻어먹을 날 있다."

살다 보면 좋은 기회를 맞을 때가 있다는 뜻.

"도둑의 묘에 술잔 부어 놓기."

대접할 가치가 없는 사람에게 과분한 대접을 한 것 같이 일을 잘못 처리하였다는 뜻.

"막걸리 거르려다 지게미도 못 건진다."

큰 이익을 보려다 오히려 손해만 본다는 뜻.

"반 잔 술에 눈물 나고, 한 잔 술에 웃음 난다."

이왕 남에게 무엇을 주려거든 충분히 주어야 한다. 모자라게 주면 도리어 인심을 잃게 된다는 뜻.

"질병(瓦瓶)에 감홍로(甘紅露) 들었다."

값싼 질그릇 병에 고급술인 감홍로가 들어 있듯이, 겉보기보다 내용물이 알차고 좋다는 뜻.

"술통만 보고는 술맛을 모른다."

겉만 보고는 그 내용을 알 수 없다는 뜻.

"아내와 술은 묵을수록 좋다."
아내는 오래될수록 정이 두터워지고, 술은 숙성될수록 맛이 좋다.

"공술에 술 배운다."
공술이라고 마시다 술을 배우듯, 공짜를 좋아하다가는 더 큰 손해를 보게 된다는 뜻.

"공술도 세 번이다."
남에게 지나친 폐를 끼쳐서는 안 된다는 뜻.

"술내고 안주 낸다."
기왕 남을 대접하려면 고루 정성껏 대접하라는 뜻.

"아전의 술 한 잔이 환자가 석 섬이라고."
봄에 환곡(還穀)으로 받은 곡물을 가을에 다시 갚는 것을 환자(還子)라고 하는데, 관리(또는 상사)에게 작은 신세를 지면 나중에 몇 배로 갚게 됨을 뜻한다.

"보리로 담근 술 보리 냄새 안 빠진다."
무엇이나 제 본성은 그대로 지닌다는 말, 또는 근원이 좋으면 결과도 좋고, 근원이 나쁘면 결과도 나쁘다는 뜻.

"물 댄 놈은 술 차지하고 쌀과 누룩을 댄 놈은 지게미 차지한다."
적게 기여한 사람이 많이 기여한 사람보다 더 차지하듯 분배가 잘못되었다는 뜻. 어리석은 사람은 똑똑한 사람에게 속게 된다는 뜻.

"주객(酒客)이 청탁(清濁)을 가리랴."
술을 즐기는 사람은 청주와 탁주를 가리지 않고 무슨 술이나 즐긴다는 말. 또는 늘 즐기는 것이라면, 종류에 상관없이 좋다는 뜻.

"깊은 물에는 안 빠져도 얕은 술에는 빠진다."
깊은 물은 조심하게 되어 빠지는 경우가 거의 없지만, 술은 마실수록 주흥이 나서 조심하지 않게 되어 실수하는 경우가 생긴다는 뜻.

"술은 맏물에 취하고 사람은 끝물에 취한다."
술은 마시면서 취하게 되고, 사람은 오랫동안 사귀는 과정에서 친해지게 된다는 뜻.

〈인물 평가〉

"외모는 거울로 보고 마음은 술로 본다."
술을 같이 마셔봐야 상대방의 진심을 알 수 있다는 뜻.

"곗술(契酒)로 낯내기다."
공동의 술인 곗술로 자기 얼굴만 내밀 듯, 남의 것으로 생색내기를 좋아하는 사람을 비유하는 말.

"술 본 김에 설 쇤다."
남에게 의지하며 살려고 하는 인색한 사람을 비유하는 말.

"오뉴월 보리술 맛 변하듯 한다."
성품이 가벼워 잘 변하는 사람을 비유하는 말.

"모주 먹은 돼지 껄때청."
ㅍ컬컬하게 쉰 목소리를 이르는 말.

"모주 먹은 오리 궁둥이 흔들 듯."
난리법석을 떤다는 말.

"상둣술로 벗 사귄다."
상둣술, 즉 초상집 술로 벗을 대접한다는 말로, 남의 것으로 자기 체면을 세우거나 생색을 낸다는 뜻.

"당나귀 새낀가 보다, 술 때 아는 걸 보니."
당나귀는 닭보다 때를 더 잘 알고, 한 번 술맛을 본 다음에는 그 때가 되면 술을 달라고 소리 지르며 발로 찬다고 한다. 술을 좋아하는 사람이 술 마실 때를 용케 알고 찾아올 때 놀리며 하는 말.

"보리술 막지(술지게미의 사투리)가 사람 죽인다."
보리술 지게미도 많이 먹으면 취하듯이, 겉으로 보기보다 알고 보니 맹랑한 사람이라는 뜻.

"남의 상에 술 놓아라, 안주 놓아라 한다."
쓸데없이 남의 일에 참견하기 좋아하는 사람을 비유하는 말.

"초상술에 권주가(勸酒歌) 부른다."

때와 장소를 가리지 못하고 제멋대로 행동하는 것을 지칭하는 말.

"미운 놈이 술 사 달란다."

미운 놈이 염치도 없이 술 사달라고 조르듯이, 미운 놈은 미운 짓
만 골라서 한다는 뜻.

"누룩만 보아도 취한다."

누룩만 봐도 취할 정도로 술을 전혀 마시지 못한다는 뜻.

〈기타〉

"단술 먹고 여드레 만에 취한다."

무슨 일을 한 것이 뒤늦게 비로소 이루어졌다는 뜻.

"술 익자 임 오시고 체 장수도 온다."

무슨 일이 순조롭게 잘 이루어진다는 뜻.

"먹다 남은 술에 식은 안주다."

사람을 박대한다는 뜻. 또는 기회를 잃었다는 뜻.

"금주(禁酒)에 누룩 흥정."

술을 마시지 않겠다는 사람에게 누룩을 팔려고 흥정한다는, 다시
말해서 괜히 수고를 한다는 뜻.

"남의 술에 삼십 리 간다."

자기는 가고 싶지 않지만, 술을 권하는 데 못 이겨 삼십 리를 간다는 말로, 자신은 하고 싶지 않은 일을 남의 권유로 하게 되었을 때 쓰는 말.

"술값보다 안주 값이 비싸다."

주(主)가 되는 것보다 부차적인 것이 더 많다는 뜻으로 "배보다 배꼽이 더 크다."와 유사함.

"나쁜 술 먹기가 정승하기보다 어렵다."

제아무리 술을 좋아하는 술꾼이라도 상한 술은 마실 수 없다는 뜻.

"술값 천년 약값 만년이다."

술과 약은 이문이 크기 때문에 외상값을 늦게 갚아도 된다는 뜻.

"건넛마을 주막 꾸짖기다."

주막 주인이 잘못이 있으면 직접 꾸짖지 못하고 간접적으로 건넛마을 주막을 꾸짖듯이, 무슨 일을 빗대어 하는 말.

참고문헌

고정삼, 술의 세계, 광일문화사, 2000.8.

김완배, 개방화 시대 포도 산업의 중장기 발전 방안, 연구보고서, 서울대, 2007.4.

김완배, 한국과 일본의 주류산업 비교, 연구보고서, 서울대, 2007.9.

김원곤, 세계 지도자와 술, 신동아 각 월 호.

김하 편역, 탈무드 잠언집, 도서출판 토파즈, 2009.1.

김학민, 맛에 끌리고 사람에 취하다, 은행나무, 2004.6.

남태우, 술술술 주당들의 풍류 세계, 도서출판 창조문화, 2001.3.

두산백과

미야자키 마사카츠, 처음 읽는 술의 세계사. 탐나는 책, 2020.12.

박경희, 술에 미치고 자연에 취하다, 아트북스, 2008.7.

박록담, 한국의 전통명주 1: 다시 쓰는 주방문, 2005.8

배다리박물관, 전통 주조 백년사, 2004. 7.

배상면, 전통주 제조기술(약·탁주 편), 배상면 주류 연구소, 2002. 10.

배상면, 먹을 수 있는 모든 것은 술이 된다. 우곡출판사, 2006.12.

배상면 편역, 조선 주조사, 우곡출판사, 2007. 5.

배영호, 알기 쉬운 우리 술 이야기, 배상면주가, 1999.3.

배영호, 전통술 입문 우리술 이야기, 배상면주가, 2006. 12.

배영호, 달과 전통술, 배상면주가, 2006.12.

배영호, 사랑과 소통의 미학, 전통술, 배상면주가, 2006.12.

신정일, 풍류, 옛사람과 나누는 술 한잔, 한얼미디어, 2007.4.

아기 다다시, 와인의 기쁨 1, 2, 중앙북스, 2007.12. 2008.1.

이경찬, 한국인의 주도, 자유문고, 1993.1.

이천시, 말, 맘, 이천의 막걸리잔, 뮤지엄 교육 연구소, 2010.4.

이현주, 한잔 술, 한국의 맛, 소담출판사, 2019.11.

원용희, 술술 풀어 쓴 지구촌 술 문화, 도서출판 홍경, 2000.1.

에카르프 주프(박정미 역), 초보자를 위한 와인 가이드, 베텔스만 코리아, 2000.9.

이동필, 한국의 주류제도와 전통주 산업, 한국농촌경제연구원, 2013.1.

이선종, 한국의 속담 대백과, 아이템북스, 2010. 1.

이원복, 이원복 교수의 와인의 세계, 세계의 와인, 김영사, 2008.3

이종기, 술, 술을 알면 세상이 즐겁다, 도서출판 한송, 2005.6.

이효지, 한국의 전통 민속주, 한양대출판원, 1996.1.

일본양조협회(배상면 편역), 일본 청주 제조기술, 배상면 주류 연구소, 2002.4.

정동효, 전통주대전, 홍익재, 2003.

조정형, 우리 땅에서 익은 우리 술, 서해문집, 2003.6.

이상희. 한국의 술문화(I, II), 도서출판 선, 2009. 6.

정동효 편저, 전통주 대전, 홍익재, 2003. 4.

전순희(김종덕 역), 식료찬요, 농촌진흥청, 2004.12.

정은숙, 정에 취하고 맛에 반한 막걸리 기행, 한국방송출판, 2010.3.

정헌배, 정헌배 교수의 술나라 이야기, 위즈덤하우스, 2011. 1.

한국음주문화연구센터, 알코올 백과, 2002.2.

한국조세연구원, 주요국의 조세제도, 한국조세연구원, 1996.11.

허시명, 풍경이 있는 우리 술 기행, 웅진닷컴, 2001.10.

허시명, 비주, 숨겨진 우리 술을 찾아서, 웅진닷컴, 2004.9.

허시명, 허시명의 주당 천리, 위즈덤하우스, 2007.9.

Chales Maclean(eds.), Great Whiskies, Dorling Kindersley, 2011.

Godfrey Spence(한국와인문화연구소 역), 세계의 명품 화이트 와인, 도서출판 세경, 2008. 2.

Michal Edwards(한국와인문화연구소 역), 세계의 명품 레드와인, 도서출판 세경, 2007.9.

NAVER 지식iN

橋口孝司, 本格燒酎銘酒事典, 新星出版社, 2004.

邸景一, 本格燒酎を楽しむ事典, 西東社, 2005.

船瀬俊介, ほんものの日本酒を, 築地書館, 2005.

尾瀬あきら, 日本酒入門, 幻冬舍, 2005.

**모두출판
협동조합**

책을 집필하고, 만들고, 읽는 사람들이 함께 모여 협동조합을 만들었습니다. 부지런히 한마음 한 뜻이 되기 위해 노력하면서 새로운 책 문화를 만들어 나갈 수 있도록 해보겠습니다. 한 번 조합원으로 가입하시면 가입 이후 modoobooks(모두북스)에서 출간하는 모든 책을 평생 동안 무료로 받아 볼 수 있습니다.

***조합가입비** (1구좌) 500,000원
***조 합 계 좌** 농협 355-0048-9797-13 모두출판협동조합
***조합연락처** 전화 02)2237-3316 팩스 02)2237-3389
　　　　　　이메일 ssbooks@chol.com

조합원

강석주 강성진 강제원 고수향 권　유 김완배 김욱환 김원배 김정응 김종탁 김철주 김헌식 김효태 도경재 문　웅 박성득 박정래 박주현 박지홍 박진호 박평렬 서용기 성낙준 성효은 신광영 심인보 양영심 오대환 오신환 오원선 옥치도 원진연 유별님 유영래 이승재 이영훈 이재욱 이정윤 임민수 임병선 전경무 정병길 정은상 조현세 채성숙 채한일 최중태 허정균 현기대 홍성기 황우상